U0067920

狼吻

藍色水銀 著

序

首先要特別強調，這是一本小說，所以有許多地方都是虛構的，之所以寫這一段，是不想有人看了之後，跑到現場去找那些場景，事實上那些都是不存在的，不用費心去找，當然，GOOGLE 大神上的資料也不會吻合，不過，也會有一部分是真實場景，只是，那些都是過去式了，除非時光倒流，但以目前的科技是不可能的。

寫得很像親臨現場，但別誤會，那只是想讓讀者感受那種可怕的氣氛，並不是我曾經這麼做，也不是我從那匹狼那裡聽來的，別想太多，這也是我寫小說一貫的風格，這本小說是從 2010 年構思、2011 年完成草稿、2019 年底完成電子檔，後來覺得少了一些元素，所以又改了一部分內容，在經過四次大幅修改，總算成為最終版本。

這是《失控的靈魂》系列裡的其中一本，這個系列在說的是各種犯罪行為，《數字遊戲》說的是地下賭盤、地下錢莊、暴力討債；《沒有靈魂的軀體》說的是應召女郎、午夜牛郎、販毒集團、酒店、家暴；《不存在的世界》說的是槍擊要犯、吸毒者、販毒中小盤；《上帝的禮物》說的是外遇、唐氏症、殺人、商業間諜、性愛光碟勒索、職業殺手、商業惡戰；《飛簷走壁》說的是竊盜集團、吸毒者、非法資源回收、詐騙集團、遊民、殺人；《恐怖分子是好人》說的是黑心基因改造食品、黑心農藥、黑心基因工程、黑心官員、黑心警察；《十三飛鷹》說的是飆車族、非法改裝機車、吸毒者、馬路三寶、古惑仔；至於還沒完成的八本《失控的靈魂》系列，會寫到軍火販子、無良政客、無良法官、官商勾結、不良少年、幫派、無良媒體等等，至於本書：《狼吻》，主角應該很容易猜吧！其他的部分就請看內容！

序或後記一向是最難的部分，因為我實在不知道要說些什麼？尤其是這篇，想了好久還是不知該如何安排內容，所以就讓我繼續偷懶下去，不知道何時才能突破這個難關，更上一層樓。

藍色水銀

目 錄

壹：成人電影院

一個年約二十歲的男人，頭髮很短，大概只有二公分不到，左額頭上有一條深深的疤痕，長約三公分，濃濃的眉毛、深邃卻充滿邪氣的雙眼、大蒜般的鼻子跟厚厚的嘴唇、黝黑的皮膚，穿著綠色上衣，上面繡著「曾家豪」三個字，這是他的名字，名字上方還有三個更大的黃色字句「精誠連」，他坐在馬桶上，褲子跟內褲都勾在膝蓋附近，腳上穿著一雙藍白色的拖鞋，雙手拿著一張報紙，日期是民國七十三年二月四日，他的眼睛正盯著電影時刻表，一股冷冽的笑容從他嘴角撇過，那雙眼睛，彷彿是極度邪惡的鬼靈附身般，讓人毛骨悚然，他收好報紙並用衛生紙擦了屁股，一張不夠乾淨又拿了一張，接著又一張，沖了馬桶並穿好衣服，走出廁所是他的房間，牆上貼了四張妙齡女郎的比基尼泳裝海報，有金髮的西方人也有黑髮的東方面孔，都是身材姣好且臉蛋漂亮的女人。

「阿三，要不要一起去看 A 片？」他拿起電話撥出。

「好啊！我還有一個朋友，可以一起去嗎？」阿三說。

「當然可以啊！」

「在那裡？」

「上次我們說的那間啊！」

「公園路那間？」

「對啦！多久可以到？」

「半個小時。」

「好，等會見。」

一九八四年的春天，天氣晴朗，氣溫二十六度，台中市五權路公園路口的成人電影院外，一個年約六十歲的男人，頭髮已經禿得差不多了，他身穿黑色西裝褲，白色襯衫，從口袋裡拿出了錢包，抽出兩張一百元的鈔票，望著今天放映的片名：風流醫師俏護士（丹麥片），他走到售票窗口，把錢送進去，裡面的人推了一張票出來，那男人走到戲院的放映廳，剛剛散場，十幾個人站起來，都是男人，大多超過五十歲，戲院裡約五十個觀眾，清一色都是男人，老男人居多，只有三個年輕小伙子，看上去只有二十歲上下，顯得相當特別。

成人電影就是俗稱的A片，這種電影通常沒什麼複雜的劇情，都很直接，直接到男女主角為什麼會上床都沒交待，不過今天的片子沒那麼誇張，一間診所裡，金髮的年輕醫師正在為病人看病，病人走了之後，也是金髮的護士開始挑逗醫師，她解開粉紅色上衣的第一顆鈕扣，將兩個呼之欲出的胸部靠向醫師的眼睛，沒多久，他們就開始做愛，這時電影才剛剛演了一百三十七秒，又過了五十多秒，已經有人離座，他走到廁所，找了一間裡面沒人的，急著脫掉褲子，開始打手槍，陸續又有十幾個人離座跑到廁所，他們大多都是忍不住，到這裡解決生理需求的，什麼？你看不懂？健康教育叫自慰，俗稱打手槍，美國人叫 HANDJOB ，意思就是用手，所以 BLOWJOB 就是口交，俗稱吹喇叭！

只有三間廁所，但卻有十七個男人排隊打手槍，這種景象還真是有些尷尬，尤其是年輕小伙子，那三個年輕人見狀，只得另外找方法解決了。

「家豪，你要等嗎？」其中一人說。

「等你個大頭鬼啦！去福音街。」曾家豪回答。

「要多少錢啊？」

「阿三，你是沒去玩過嗎？五百而已。」曾家豪回答。

「喔！好啊，力行，你去不去？」力行點點頭。

三個人騎上機車離開那裡，往不遠的福音街騎去。

成人電影院裡又來了五個年輕人，探頭探腦地，看起來就像是沒來過，他們就跟剛才那三個年輕人一樣，來嚐鮮的，他們血氣方剛的，所以下場就跟曾家豪他們差不多，先跑到廁所排隊，再決定去嫖妓，不過帶頭的是個小開。

「走，我們去賓館，我們一人叫一個妞。」

「強哥，我們那來的錢啊？」小五問。

「我請！今天要為你們四個破身。」強哥答。

「好啊！好啊！我終於可以擺脫處男這個名詞了。」阿清高興地答。

「你們兩個呢？」強哥望著猴子跟葛屁問道，兩人點頭表示同意。

於是五個人在車上說說笑笑，往他們的目標前進。

貳：牛肉場

「帥哥，看精彩的喔！」成人電影院門口，一個年約五十的女人攔了兩個男人問。

「對啊！怎樣？」其中一個男人嚼著檳榔說。

「要不要看現場的？只要三百。」

「真的假的，當然是真的。」

「騙我的話，我找人強姦妳。」

「唉呀！我這麼老了，是誰強姦誰還不知道吧！這樣啦！進去之後，沒問題再付錢。」

「在那裡？」

「跟我來。」

「你們看，現在正在跳脫衣舞，等一下就會表演十八招。」

「什麼十八招？」

「反正很精彩就對了，一個人三百。」

「拿去。」那女人收了錢之後又跑到成人電影院門口繼續拉客。而這兩個剛進來的男人，找了最前排的位置坐下，目不轉睛看著台上的女人，衣服一件又一件的脫掉，最後連內褲都脫了，不過嚼著檳榔的男人並不滿意。

「幹，這麼老？」

「對啊！還很胖。」他的同伴也有同感。

「別急，等一下有明星。」旁邊另一個男人說。

「真的嗎？」嚼著檳榔的男人說。

「騙你幹嘛？大家都是為她來的。」

「還有多久？」

「先看十八招吧！看完就是了。」

「謝謝。」台上的女人年約三十，長相平凡，身材瘦弱，不過她一出場就贏得如雷的掌聲，她將三根吸管插入陰部，吸管另一端是三個保險套，只見她深呼吸之後腹部開始用力，沒多久，保險套竟然充滿了氣。

「謝謝，這招叫吹氣球，接下來是吃香蕉。」主持人走到表演者旁邊，拿走保險套，遞了一串香蕉，那女人從上面拔起其中一根，她慢慢把皮剝掉，用香蕉肉輕輕刺激陰部，接著把香蕉塞了一半進陰部，女人此時放掉香蕉，腹部用力之後，香蕉斷了，過了一會，香蕉肉像是被嚼過，慢慢被擠壓出陰部，這個表演依舊贏得如雷的掌聲。之後表演的是吃甘蔗等，至於過程，自己慢慢想，不贅述了。

當女明星出現時，全場男人為之瘋狂，即使她只是穿的很清涼，半露酥胸，腿部幾乎全部露出。

「謝謝，有沒有人想要獨享，看看這件衣服底下的樣子。」主持人說完，台下一堆人舉手。

「謝謝捧場，知道行情嗎？。」台下鴉雀無聲。

「我出三千。」

「五千。」

「一萬。」台下的觀眾爭先恐後的加價。

「這個有來過喔！就你了。」主持人比著出價最高者。

「知道規矩嗎？」主持人問身旁的男人。

「不知道！」

「只能看，不能摸，時間一分鐘，時間到了換下一位。」

「還有沒有人要看的？」正當台下議論紛紛的時候，主持人又問，結果有三個人舉手。

「記得，只能看，不能摸，時間一分鐘，時間到了換下一位。」於是女明星進了白布後面，燈光打在她身上，她開始跳起脫衣舞，為了證明是真的，還一邊脫一邊探出頭，並把衣服丟出來，最後真的一絲不掛。

「下一位。」女明星換了另一件衣服後，再度跳著脫衣舞，甚至將觀眾的頭埋入她的胸部。

「真的假的？」嚼著檳榔的男人說。

「你要不要試試？」他的同伴問。

「我又不是錢太多，一分鐘就要一萬，還不能摸。」

「說的也是。」

「可以帶她過夜嗎？」表演結束後，剛剛看了明星跳脫衣舞的其中一個男人走到主持人旁邊小聲問。

「你內行的，不過，你知道行情嗎？」男人搖頭。

「一小時十萬，只能做一次，過夜三十萬。」

「好，這是我的房間鑰匙，先給你十萬，另外的二十萬，我會交給她。」

「對人家溫柔一點，明天還要表演好幾場。」

「沒問題啦！」

「你好。」旅館房間內，女明星跟剛剛的男人碰面了。

「大哥好。」

「怎麼會想要出來賺？」

「賭債肉償。」女星一臉無奈。

「欠多少？」

「你想幫我還？」女星看著那男人問。

「看情形。」

「一千五百萬。」

「這麼多？」男人似乎有些驚訝。

「幫不了就別廢話。」

「不是錢的問題，幫妳，我有什麼好處？」

「你想怎樣？」

「陪我一年。」

「成交。」女星毫不考慮就回答。

「這麼乾脆？」

「被一個有錢人玩，好過我每天在牛肉場被那些人看，而且還把一萬元可以看我全裸的事到處宣傳。」

「我懂了，明天找債主來我辦公室，我開票給他。」

「謝謝，還沒請教大哥怎麼稱呼？」

「青龍。」

「你是余青龍？」

「沒錯，就是我。」

「聽說你會打女人。」

「妳好好服侍我，又怎會被打呢？哈～」青龍笑得大聲。

「那有什麼問題。」女明星吻遍青龍全身，並幫他按摩，最後才開始做愛，當然，女明星在牛肉場表演的事就從此絕跡。

參：包養風波

由於青龍出面，牛肉場主人也只好忍氣吞聲，畢竟青龍是個勢力龐大的黑道大哥。

「豬哥標，她到底欠你多少？」

「一千五。」

「我說的是實際跟你借的。」

「借八百，利息二百，過期罰五百。」

「我就知道，這樣吧！我幫她還一千，那五百，你自己想辦法跟上面解釋，可以嗎？」

「可是，黑虎哥會不高興的。」

「原來這牛肉場是黑虎搞的。」

「不然我介紹你們兩個認識，你們兩個決定，好嗎？」

「我跟他不和，見面的話會死人的。」

「那怎麼辦？」

「你先問黑虎的意思，我等你。」青龍拿起電話，示意要豬哥標立即跟黑虎聯絡。

「我是豬哥標，青龍哥出面幫小君還錢，不過他希望打折，只還一千。」

「幹，一次就折五百，當我黑虎吃素的。」

「黑虎哥，我是覺得和氣生財啦，小君在牛肉場，一天頂多也只有五十萬，有時候只有十萬，要三個月才能收回那些錢，萬一被警察抄了，我要去坐牢就算了，錢也拿不回來，不是嗎？」

「你是幫我做事，還是幫青龍做事？一毛都不能少。」說完便掛斷電話。

「黑虎哥的意思是一毛都不能少。」

「我沒耳聾，沒關係，你先回去吧！不過，小君暫時先住我那裡，不能再去牛肉場。」

「我知道，不過，我還是希望青龍哥可以跟黑虎哥談看看，一個雙方都能接受的數字。」

「行了，我自會安排。」

「水牛，找阿民過來。」青龍對著身旁的兄弟說。

「你想要處理黑虎？」水牛問，青龍用右手，對著牆上的海報比了開槍的手勢。

「了解。」

黑虎知道小君已經在青龍手上，心有不甘，準備對青龍出手，找了十幾個年輕人，到了青龍的賭場一陣亂砸，不過青龍的手下也不是省油的燈，拿出手槍朝其中一人的大腿開了一槍，這些年輕人全都嚇得直發抖，開槍的人走到中槍的年輕人面前，將槍比著他的胸口。

「誰叫你來的？」

「黑虎哥。」

「知道這裡是誰的場子嗎？」

「知道，是青龍哥的。」

「知道還來，你們是活得不耐煩了嗎？」

「黑虎哥說這裡詐賭，給我們一人兩千，說砸了才不會讓更多人受害。」

「兩千？詐賭？哈～誰是帶頭的？」開槍的人大笑。

「是我。」

「怎麼稱呼？」

「文雄。」

「我給你們每人每個月三萬，包吃住，你們幫我討債，超過五成的部分都給你們，怎樣？」

「這麼好？」文雄有些意外。

「不然黑虎都給你們多少？」

「做多少事拿多少錢。」

「哈～考慮的如何？」開槍的人又大笑。

「好，我們過來幫你。」

「叫我紅牛就好。」

「紅牛哥。」

「哈～」紅牛笑得非常大聲，樣子非常狂妄。

「小君，問題都解決了，如果妳想賺錢，可以去聯美唱歌，我可以幫妳安排。」青龍並未解決問題，但小君並不知情，缺錢的她一口就答應了。

「好啊！那就麻煩青龍哥了。」於是小君就在聯美唱了三個月，每天三場，每場兩首哥歌，穿著一樣清涼，但要配合主持人開黃腔，逗台下的觀眾大笑，直到檔期結束。

「妳明天可以回台北了。」青龍躺在床上。

「不是一年嗎？」小君赤裸著身體抱著青龍說。

「哈～我不想耽誤妳的青春。」

「我不懂？」

「其實我是很喜歡妳啦！尤其是妳演的戲都很精彩，可是我是壞人，妳跟我在一起，隨時會有生命危險，我不能讓妳一直在我身邊，」青龍起身點了煙。

「謝謝。」小君說完，開始了兩人之間最後一次的做愛。

肆：福音街

時間回到曾家豪三人離開電影院，福音街是早期台中市合法的妓女戶集中地，幾個女人就站在門口，濃妝艷抹地，仍然掩飾不住歲月的摧殘，看上去，最年輕的也應該有三十歲了，更別說是其他的人，不過，因為這裡便宜，仍然可以吸引不少人來消消火，但是談到服務，這裡的品質實在是有點糟糕。曾家豪等三人走到其中一個女人面前，那女人把他們三人帶進屋內。

曾家豪已經來過幾次，進了房間之後，便自行脫掉衣物，也脫掉坐在床上那個女人的衣物，那女人輕輕碰了曾家豪的胸部，確認他已經蓄勢待發之後，從旁邊的茶几上拿了一瓶潤滑劑，並張開雙腿朝自己的陰部抹了一些，將自己準備好之後，用右手食指示意曾家豪可以開始了。

「姐姐！妳也叫一下嘛！」曾家豪抱怨地說。

「要叫是嗎？」那女人放下手中的報紙看著他說。

「當然，要不然我提不起勁來。」

於是那女人才心不甘情不願地配合他的動作，咿咿啊啊地叫幾聲，不知道多久沒有碰女人了，曾家豪才動了幾十下就爆漿收工，一臉不情願的樣子！

「少年耶！還要不要再來一次。」

「不要了。」曾家豪有點失落的穿上衣服，走到外面，點燃一根煙，若有所思的等著他的同伴。

另一間房間裡，阿三看到了比他足足大了二十多歲的阿姨一絲不掛地躺在床上，怎麼樣也不肯脫掉自己的衣服，那女人見狀，便走到他身邊說：「帥哥，第一次嗎？」阿三有些害羞地點頭！只見那女人熟練地脫去他的上衣，雙手在他的胸部游移了幾下，再脫去他的褲子，蹲下去用嘴跟舌頭將阿三的小弟弟給搞硬了，然後站起來說：

「怎麼樣，現在想不想要了？」阿三點頭並撲向這個年齡大到已經可以當他媽媽的女人，沒多久就繳械了。

在隔壁的房間裡，力行也是杵了半天不願脫掉衣服，不過這個女人可沒阿三碰到的那個好，她有些不悅。

「少年耶！你是要站在那裡多久啊？你要是舉不起來就出去吧！我還要做生意呢！」

「我……」阿三欲言又止。

「幹！你怎樣啦？」

「可以換人嗎？」

「你以為你在挑老婆嗎？挑三揀四的。」她大聲地說並瞪著力行。

「我要換人就對了啦。」力行也失去耐性地大聲回答。

「幹！有夠衰！第一攤就被打槍。」打槍：意思就是男人不喜歡這個女人，要求換一個妓女。

「換就換啦！你娘卡好咧。」她用閩南語破口大罵。

「阿紅，脾氣那麼大，怎麼做生意？」這時老鴇進到房間裡說。

「他不喜歡我又不早說，衣服都脫光了才說要換人，幹！以為來這裡挑老婆嗎？」阿紅非常不高興。

「我可沒要妳脫，是妳自己脫光的。」力行說。

「好啦好啦！我知道了，阿紅，妳把衣服穿起來，先出去啦！我再幫你安排另一個小姐好嗎？」老鴇哄著力行。

「好。」於是她叫剛才服侍曾家豪的女人過來這裡，但力行還是不喜歡。

「阿姨，對不起，我想我還是不要了，這五百塊當做是賠罪，再見。」力行將錢塞給老鴇之後隨即走出那裡。

「家豪啊！以後別來了，她們的年紀都可以當我媽了。」阿三抱怨著。

「五百塊是要多年輕啦！」曾家豪也不太高興，還在為剛剛的表現不佳鬱悶著。

「我們以後還是去賓館，雖然要三千，至少服務好，素質也好。」力行說。

「好啦！都是我不對。」曾家豪非常不高興，轉頭就走。

伍：萊萊賓館

強哥開著一部綠色賓士 300，載著其他四人浩浩蕩蕩來到中華路的萊萊賓館，停好車後便直奔櫃檯，五個男人同時站在賓館櫃檯前面的樣子還真有些奇怪，但櫃檯的阿姨一眼就認出強哥，所以這群年輕人一起上賓館就沒那麼奇怪了。

「強哥，今天帶這麼多人來喔。」那阿姨說。

「是啊！幫我們安排，一人一個，服務要好一點，臉蛋要正，身材要好。」強哥說。

「我知道啦！我辦事，你放心。」那阿姨拉著強哥的手。

「不要被我打槍，否則以後我不來了。」

「知道啦。」

「一共五個人，一萬五。」

「拿去。」強哥數好鈔票交給阿姨，阿姨帶他們分別進了房間。

大約二十分鐘後，阿姨帶著一個小姐敲強哥房間，她穿著粉紅色迷你裙，上衣是白色無袖緊身衣，淡淡的妝，看起來就像是個剛出社會的大學生，強哥看了很喜歡，馬上說：

「進來吧！」已經是常客的強哥，跟這女孩雖然不認識，但兩人很有默契的一起脫掉衣服，一起走進浴室，女孩將強哥的身上淋濕後，將重點位置洗乾淨，自己也是，此時強哥已經在床上等待，女孩吻了強哥的一些敏感部位之後，強哥已經受不了，很快就跟這女孩來一場床戰。

其他的四個房間狀況差不多，一個小時三千元的女孩，基本上素質都不會太差，除非阿姨很白目，但因為強哥是常客，所以她不敢怠慢，介紹的女孩都有一定的素質，連談吐都不差。

單純的男孩總是愛問一些笨問題，阿清只是其中一個。

「小姐，貴姓。」

「糖糖。」

「我叫阿清。」

「糖糖，妳那麼漂亮，為什麼要做這一行呢？」

「缺錢，我爸爸生了重病，需要很多錢。」

「如果我能幫妳籌到足夠的錢，妳願意離開這一行嗎？」

「當然，誰喜歡跟不認識的男人上床。」

才不到一分鐘，阿清已經迷上了糖糖，她的話是真還是假呢？當然，阿清也跟她床戰了一會兒。

猴子跟葛屁雖然年輕，但是已經有幾次的嫖妓經驗，他們很快就進入狀況，讓該發生的事都發生，先脫衣洗澡，再上床愛愛，然後小姐做完就快速穿起衣服離開，這種畫面，在萊萊賓館的房間裡一天要上演超過一百次，因為這裡有三十幾個小姐在輪班，服務又好，所以客人總是絡繹不絕地光顧，最後一個房間裡，小胖可沒那麼幸運了，他又胖又白，說話又有些結巴，被小姐玩得團團轉。

「小⋯⋯小⋯⋯小姐⋯⋯妳⋯⋯妳⋯⋯妳好⋯⋯漂⋯⋯漂⋯⋯亮。」

「耶！你講話這麼慢，聽你講一句話就可以收工了耶。」

「我⋯⋯我⋯⋯我好⋯⋯好喜⋯⋯喜⋯⋯歡妳。」

「別說了，快脫衣服吧！」

「可⋯⋯可是我⋯⋯想⋯⋯想先⋯⋯聊⋯⋯聊⋯⋯聊天。」

「隨便你，反正時間到了我就要走了。」

「好⋯⋯好啊！」他們就這樣有一句沒一句，聊了快五十分鐘，那個小姐最後睡著了，而小胖只是將她擁在懷裡，並沒有做愛。

「怎樣？還滿意吧？」強哥問。

「滿意！」阿清、猴子跟葛屁異口同聲答了。

「小胖，你呢？」

「我沒做，我跟她只有聊天。」

「什麼？只有聊天？我花三千元讓你跟她聊天。」不止強哥很驚訝，其他三人都一副不可置信的樣子看著小胖。

「真的啦！騙你們幹嘛！」

「算了，你不想破身，我也不勉強。」強哥一臉無奈的走在最前面。

陸：三百暢飲

成人電影院旁邊有個招牌，上面寫著「紅粉佳人」四個大字，底下寫著較小的四個字是「三百暢飲」。青龍、水牛、紅牛、阿民四人走進了電梯，水牛按了五樓。

「青龍哥。」迎面而來的是一位年約四十的女人，雖然有歲月的痕跡在她臉上，但年輕時應該也是很漂亮，她帶著四個男人進了一間大包廂。

「一人兩個妞，紹興加話梅。」青龍說。

「我要啤酒。」阿民說。

「霞姊，小菜妳安排就好。」青龍說。

「沒問題。」

「你們兩個要喝什麼？」青龍說。

「跟青龍哥一樣。」水牛說。

「玫瑰紅加蘋果西打。」紅牛說。

「你們坐一下，美女馬上來。」此時音樂響起，青龍跟阿民交頭接耳講了一些話，並拿了一包錢給他，阿民打開看了一眼，就把錢收下，放進自己的包包內。

八個女孩穿著清涼，依序走進燈光昏暗的包廂。

「要先玩什麼？」青龍問他左邊的女孩。

「螢火蟲好嗎？」

「哇！一開始就想看屁股，好，就玩螢火蟲。」青龍拿起面前的四個骰子朝碗裡擲，是兩個「一」跟兩個「六」。

「好耶，十二點。」青龍旁邊的女孩說。

結果水牛的點數最少，他點了三根煙，脫下自己的褲子，將煙塞在陪他的兩女孩的屁眼，燃燒的那一頭朝外，女孩接過煙之後，也把煙塞進水牛的屁眼。

「我是螢火蟲。」三人把屁股翹起，蹲下去又站起來且順時針轉了一圈並這樣說，惹得其他人大笑，隨後有個女孩把這三根煙丟進垃圾桶。

「換妳說，要玩什麼？」青龍問他右邊的女孩。

「九九神功。」

「這麼快就想處理？」青龍說。

四個男人依序擲骰子，這次是阿民點數最少，他身旁的兩個女孩立即脫掉他的褲子，低頭用舌頭舔他的寶貝，直到阿民的寶貝硬起來，其中一個女孩把阿民的寶貝含在嘴裡，並用舌頭刺激，另一個女孩拿起一個空冰桶，把冰桶吊在阿民的寶貝上，然後一顆又一顆冰塊往裡面加，直到阿民的寶貝撐不住冰桶跟冰塊的重量。

「妳想玩什麼？」阿民問含他寶貝的女孩。

「吸星大法。」

「怎麼玩？」阿民問。

「等一下你就會知道。」四個男人再度擲骰子，紅牛最少點，紅牛拿起兩顆聖女小蕃茄，塞進他身旁兩個女孩的私處，然後用嘴把蕃茄吸出。

「吃冰塊試過了沒有？」青龍左邊的女孩問他。

「沒有，妳吃還是我吃？」

「我先吃，你也要。」

「誰怕誰！」女孩把圓柱型的冰塊放在青龍手上，用手引導青龍的手，將冰塊塞進她的私處。

「再來一顆。」女孩的表情有些奇怪。

「行不行啊？」

「沒問題的。」於是青龍又塞了一顆冰塊，女孩深吸了一口氣，腹部用力，兩顆冰塊從她的私處掉了出來。

「這麼厲害？」水牛說。

「該你了，青龍哥。」女孩把青龍的褲子脫掉，一樣用舌頭把他的寶貝舔到硬，青龍站起來後彎腰讓寶貝朝下，女孩把啤酒杯套住他的寶貝，放了約二十個冰塊進去，然後用啤酒杯當成飛機杯，上上下下約三十次。

「停！停！停！再搞就凍傷了。」青龍說。

「爽不爽？」

「還不錯。」

「想要了嗎？」

「再玩幾招吧！」

「你想玩什麼？」

「烤熱狗三明治好了。」

「好啊！」

「一起來吧！」青龍對著其他人說。兩個女人站著，一前一後抱住青龍，青龍將寶貝插入其中一人私處，其他人也是。

「叮～」其中一個女生大喊，所有人墊起腳尖，表示土司麵包已經烤熱，接著男人躺下，女孩朝男人的寶貝淋上少許蕃茄醬，兩個女孩合力把蕃茄醬舔完，此時，四個男人看著眼前的女人，再也忍不住了。

「來吧！先用觀音坐蓮。」青龍說。他右邊的女孩引導青龍的手，摸了自己的私處，然後坐在青龍身上開始做愛，其他人則找了自己喜歡的姿勢。當每個人都得到滿足後，便會到包廂內的廁所沖洗一下自己的寶貝，如果女孩願意，也會在廁所內幫他服務。

第二天下午，阿民蒙面闖入黑虎的辦公室，朝他的兩個助手各開了一槍，因為豬哥標是內應，所以沒事，他趴在地上不敢出聲。

「你是誰？為什麼要殺我？」黑虎說。

不過阿民沒出聲，直接朝著黑虎的胸部開了三槍，黑虎當場斃命，阿民從容離開，豬哥標不敢報警，留下兩個中槍的兄弟，自己溜之大吉。

「謝謝青龍哥不殺之恩。」豬哥標在青龍的辦公室裡。

「謝什麼？你是個人才，過來幫我吧！」

「你不怕黑虎的老大瘋狗報仇？」

「哈～」青龍笑得很大聲。

「瘋狗？他現在已經是死狗了，哈～」確實，阿民在殺了黑虎之後，旋即到了瘋狗住處，假裝是郵差敲了門，拿了一個包裹，一手把槍藏在包裹下方，瘋狗一開門便腹部連中三槍，倒地之後，阿民在他的眉心補了一槍，丟下包裹揚長而去。

「死了？」豬哥標半信半疑。

「考慮的怎樣？」

「一切聽青龍哥的安排。」

「哈～～～」青龍笑得非常得意。

柒：狼蹤初現

在福音街匆匆繳械的曾家豪，心有不甘地坐上機車往回家的路上騎去，他心中盤算著要怎樣才能玩個夠，不知不覺中來到台中路和平街口，他停在那裡等紅綠燈，恰巧遇上台中家商放學，幾百個女生走出校園，有些正從他眼前走過，他虎視眈眈地看著她們的小腿、臀部、胸部，心中起了邪念，他心想，若能夠捉一個到空屋裡玩玩一定很過癮，他邪惡地笑看這些女孩，一直到幾乎沒有學生經過，他才離開。

忽然間，他腦海裡閃過一個人的樣子，住在頂樓那個房客，用的是影印的身分證，來的時候是大光頭，渾身都是刺青，一定是混黑社會的，他把心一橫，拿了一包紅色萬寶路香煙和兩包檳榔，爬上頂樓敲門，那是一間五樓公寓頂樓加蓋的屋子，曾家豪站在門外，左手拿著那兩包檳榔，右手敲著門，過了一會，有人應門了。

「少年耶！你找誰？」年約四十的男人用閩南語說。

「我是住在二樓的阿豪，有事想請教大哥。」

「進來坐！」這男人從頭到尾仔細打量了曾家豪。

曾家豪遞上了香煙並幫他點了煙，拿出檳榔放在茶几上，但他卻欲言又止。

「什麼代誌？啊不快說。」這男人似乎有點不耐煩。

「這……」此時的曾家豪顯得沒什麼自信。

「再不講就回去睡啦！吵三小！」

「那我說了，可是你一定要保密喔！」

「放心，我奇松說一不二。」原來這男人叫奇松。

「奇松大哥，我想買一把槍。」奇松眼睛忽然瞪大著看他。

「有影沒影，你有多少錢？」奇松忽然正經地問著。

「錢不是問題，大哥你說都多少就多少。」

「這樣啦！十萬，先付一半訂金，交貨時我再收另一半。」

「什麼時候可以拿？」

「幹！死囝仔，你當做 7-11，隨買隨有嗎！」

「那要等多久？」

「明天我再告訴你交貨的時間，你要幾個土豆？」

「土豆？」曾家豪一臉疑惑地看著奇松。

「你不用開喔。」奇松用手比了開槍的手勢，卻見曾家豪仍然一臉疑惑。

「就是子彈啦。」

「喔！十粒就好了。」

「這樣就好了？」

「是啦。」

「好！明天晚上十點再來找我。」

「謝謝大哥。」

「先別謝，東西拿到了再謝。」

「那我先走嘍。」

「慢走。」

曾家豪開始在市區繞來繞去，想要找一個方便下手，又不會被抓的地方，就這樣，幾天過去了，他每天騎車都在大街小巷鑽來鑽去，於是他找到了三個可以下手的地方，並且在晚上坐在附近觀察來往的行人，最後，他決定在一處空屋下手，也反覆確認這空屋不會有人進來。

捌：軍火販子

奇松開始刷牙、洗臉，穿著一雙藍白拖鞋，黑色短褲，白色內衣，露出腳上和手臂上的鬼頭刺青與龍尾，整裝後他走到樓下騎上白色光陽 80，三段變速但不需要離合器的機車，他往大肚山的方向騎去，經過幾條小巷，又繞了幾圈，確定沒有人跟蹤之後他才向北往大雅騎去，經過了十多分鐘後到了一處山上，小路上沒有任何燈光，非常偏僻的鄉下地方，他騎了約三分鐘，停在一間小屋前，那間小屋大約只有十坪大，彷彿已經荒廢了許久，他將機車熄火，清了嗓子，開始學貓叫，是的，是貓的叫聲。

「喵～喵～喵～」三聲貓叫之後又學狗叫。

「汪～汪～汪～」一共七聲，內行的人大概猜到了，這是一種暗號。

過了半分鐘，門自己開了，不過沒有人，奇松走進去。

一個男人，也是四十歲左右的男人，坐在藤椅上，房子空蕩蕩地，只有另一張藤椅和一張折疊桌，最特別的是所有的窗戶都用黑色的紙貼上，因此從外面看過去，那間屋子就像是沒人住一樣。

「民哥，最近好嗎？」兩人都用閩南語交談。

「奇松，剛關回來對嗎？頭髮還這麼短。」

「是啦。」

「有什麼貴事？」

「我的囝仔要一隻黑星。」

「沒問題！要十隻也有。」

「價格呢？」

「放心啦！跟以前一樣，三元。」三元指的是三萬。

「現在有貨嗎？」

「別急，茶喝完再去看貨。」

兩人開始聊一些監獄中的事，原來兩人是在裡面認識的，喝了點酒之後，阿民有些醉意地說：「走，跟我來。」

阿民拿出一個搖控器，對準牆壁按下其中一個按鈕，只見地上居然開了一個三尺見方的洞，他走下去並打開燈，並說：「奇松，下來啊。」奇松順著樓梯走下去，只見到一張麻將桌跟四張椅子，四周的牆上什麼都沒有，他納悶地看著阿民，卻見阿民拿出另一個搖控器，對著牆壁按下，那扇牆居然有暗門，跑出一座六尺寬三尺高的展示櫃，這個展示櫃可讓奇松嚇一跳，十把黑色烏茲衝鋒槍、三個手榴彈、一把裝有瞄準鏡的長距離狙擊槍、二把 M16、三十幾把不同款的手槍，阿民拿起其中一把說：「來，你要的貨，土豆幾粒？」

「十粒。」

「等一下。」只見他將搖控器按鈕按下之後展示櫃消失，瞬間又只剩下牆壁，阿民又拿出另一個搖控器，往對面的牆壁對準後按下按鈕，另一個展示櫃跑出來，各式各樣的子彈，他拿起其中一個盒子，數了十顆並交給奇松。

「小心一點，最近風聲很緊，沒事最好少來找我。」

「放心，我只是加減賺。」

「我要去吃飯了，一起走吧。」

奇松把阿民載到五百公尺外的一處民房門口停下。

「這裡是我租的房子，有事到這裡找我。」

「我知道了。」

院子裡停著一部黑色愛快羅蜜歐，阿民上車之後搖下車窗說：「保重。」

「再見。」

愛快羅蜜歐很快地上了高速公路往南疾駛而去，阿民這個軍火販子是個獨行俠，來無影去無蹤，不過，他做生意只跟認識的兄弟交易，所以一直以來都沒出事，而且他很小心，也不貪心，所以他在道上的名聲很好，很多人都願意跟他交易，畢竟盜亦有道，而且他的槍都是制式的，信用良好的他也造就他現在的名氣，中南部的兄弟有很多人會透過關係跟他拿槍，他現在正在車上抽煙，看著照後鏡，確定沒有人跟蹤之後，把煙丟到窗外，將排檔桿換到五檔，用右腳將油門踩到底，往屏東的老家開去。

奇松手上提了一個便當，兩瓶啤酒，進門後放在茶几上，打開電視後喝了一口啤酒，然後把電視轉到新聞台，主播正唸著一段新聞：「十大槍擊要犯三人被逮，槍枝來源全部指向邱昱民。」畫面上播出的就是阿民的照片，原來阿民就是邱昱民，軍火販子。

「好家在我有買到，不然就去了了。」奇松自言自語地說。

他打開便當吃了幾口飯之後，把電視切到中視，又是阿民的新聞。

「這個傢伙到底是賣了多少？這麼出名。」奇松又自言自語地說。

他拿起便當吃完了之後又把酒喝光，昏昏沉沉地在沙發上睡著了，晚上十點一到，曾家豪準時敲門，嚇醒了睡夢中的奇松，他一身的冷汗，彷彿剛剛做了惡夢。

「進來坐。」他打開門說。

「錢帶來了嗎？」兩人坐下之後，奇松問。

「大哥你點點看。」曾家豪掏出一疊鈔票交給奇松說。

「不用了，我信得過你。」說完便把鈔票塞進口袋。

他從黑色背包中拿出槍跟子彈，戴上手套拿一張衛生紙擦去十顆子彈上的指紋，然後將槍分解一次給曾家豪看，擦去指紋，把槍組合之後，用一條毛巾包住槍跟子彈，交給曾家豪說：「以後如果不會拆再來找我。」

「謝謝大哥。」

玖：狼吻

三個月後的某天傍晚，這時已是初夏，天氣炎熱，好色的曾家豪在中興大學門口看著來來往往的大學生，他走進校園逛了一圈，發現圖書館燈火通明，出入的人並不多，索性在一旁等候，約半小時後，一名穿著台中家商制服的女孩走出來，曾家豪左顧右盼之後發現四下無人，立即趨前用槍抵住女孩的背部，左手捂住女孩的嘴並說：「別出聲，否則我手中的槍會要妳的命。」

那女孩嚇得腿都軟了，只能任由曾家豪擺布，曾家豪將她拉到一旁的草叢裡逞了獸慾，這前後的時間大約是三分鐘，沒有別人經過，當然，那女孩也沒有機會呼救，曾家豪越想越不高興，臉上出現猙獰的樣子，他心想，一定要抓一個到空屋裡，他就這樣離開那裡。

這時草地上的女孩正哭泣著，被撕破的上衣裡，內衣還在她的肚子上，露出了一半的胸部在外面，她坐在那裡哭了許久，還是沒有人經過，無助的她只好拿起內衣，將衣服扎進裙子裡。她開始用蹣跚的步履回家，不知道花了多久的時間，這一段約一公里的路，卻好像幾百公里一樣，怎麼走都走不到，她終於回到家門外。

「這三個ㄚ頭真野，到現在還沒回來。」女孩的家中，呂燕飛對著他的丈夫廖仲秋抱怨著。

「雅文去約會，雅詩去補習班，雅琴去中興大學唸書，應該快回來了。」

衣衫不整，全身髒兮兮的雅琴跑進屋裡，直接衝進房間，呂燕飛見苗頭不對立即追了上去。

「雅琴，快開門，發生什麼事了？」她敲了又敲門，廖雅琴就是不願意開門。

「女兒，別嚇我，到底怎麼了？」

「不要煩我，走開！」廖雅琴歇斯底里般地大叫。

廖仲秋見狀，衝進房間拿了一串鑰匙，找出其中一隻交給呂燕飛，呂燕飛打開門，卻見到淚流滿面的雅琴蹲在牆角，她仍啜泣著，身體微微顫抖，打開電燈，雅琴的上衣沾了泥，有兩顆扣子不見了，沒穿內衣，仔細一看，連內褲也沒穿，呂燕飛知道發生什麼事了。

「女兒，別怕，媽媽在這裡。」呂燕飛緩緩走向雅琴，

雅琴看到媽媽，站起來抱緊了她，並開始嚎啕大哭。連哄帶騙地，呂燕飛好不容易才把廖雅琴帶進浴室，雅琴仍不斷地顫抖著。

「來，乖女兒，媽媽幫妳洗澡。」呂燕飛安慰著說。

曾家豪動作粗暴，抓傷了雅琴多處，呂燕飛的心裡只有一個字：痛，她的心都碎了，好好的一個孩子怎麼會變成這樣，幫雅琴洗完澡之後：「來，穿衣服，媽媽陪妳睡。」

猶如驚弓之鳥的雅琴在此時氣力放盡，暈了過去，廖仲秋一手將她抱住，然後用雙手抱起她，走向自己的房間。

「女兒到底怎麼了？」

「我猜她被人強姦了。」呂燕飛心疼的流下眼淚。

「明天你去找欽平，看他有什麼意見。」一臉錯愕的廖仲秋頓時傻住了。

「那個人……」廖仲秋似乎有所忌憚。

「怎樣！這個時候你還吃醋。」

「不！沒有。」

「那就去做。」

「好。」

拾：威脅潛伏

晚上九點，中興大學一個側門外，一整排的透天厝，幾乎都是租給學生，某個房間裡，一個男生跟一個女生全身赤裸地躺在床上。

「很晚了，我該回去了。」那女生依偎著那男生說。

「雅詩，我愛妳。」雅詩就是雅琴的二姊廖雅詩。

「我也愛你，清雲。」他起身穿衣服，宜寧中學的制服，上面繡著陳清雲。

兩人穿好衣服後仍然依依不捨地相擁著，並且一陣激吻，然後才心不甘情不願地走出房間。走下樓之後陳清雲陪廖雅詩走了一段路，兩人手牽手，一直走到台中高工側門，兩人這才分手，陳清雲在昏暗的燈光下望著漸漸遠離的廖雅詩，直到她消失在眼底才回頭走回住處。

廖雅詩從工學路緩緩走向復興路，這時已經晚上九點多，台中高工夜間部正好放學，幾十公尺外一部機車上，一個人坐在上面抽煙，他冷冷地看著這些女學生，他是曾家豪，雅詩從他眼前走過，不過她只是往前走，目光並未和曾家豪接觸，但曾家豪卻看上她了。

一連三天，曾家豪都在觀察，他發現每天總有一個女生是用走的，就是廖雅詩，於是，他準備在之前找的那間空屋犯案，那裡四周都沒人居住，也沒有路燈，他準備再度伸出狼爪。

時間回到晚上九點四十分，廖雅詩回到家中，在門口遇到姊姊廖雅文，她正和男朋友告別：「再見。」

「再見。」那男人年約三十，開著一部綠色賓士 300，他正是強哥。

「姊！妳的新男友喔。」雅詩好奇的問。

「要妳管。」

「他好帥耶，而且開賓士，有錢人呵。」

「妳喜歡嗎？送給妳。」

「我才不要，我已經有男朋友了。」

「那妳廢話什麼？」兩人在門口鬥嘴了半天，不知道家裡發生大事了。

「雅文、雅詩，妳們過來坐一下。」兩人進了家門，廖仲秋面色凝重地叫著她們。

「爸！」

「雅文、雅詩，妳看妳們兩個，亭亭玉立，都長得很漂亮，那個男人看了不會動心。」雅文想要開溜卻被廖仲秋攔住，他雙手放在雅文的肩膀上，用非常嚴肅的表情和口吻。

「爸，你到底在說什麼？」雅文納悶地看著他的父親。

「對呀！爸，你是不是工作太累了，你幹嘛說這些？」雅詩說。

「妳們兩個坐下，我有重要的事情要宣布。」

「爸！」雅文有些不耐煩了。

「聽著，雅琴，她在中興大學的圖書館外面被強姦了，為了妳們兩個的安全，在抓到這個壞蛋之前，晚上都不能出去。」

「爸！」雅文想抗議卻被廖仲秋阻止了。

「就這麼決定了，如果妳們不聽話，零用錢就全部取消，一毛都沒有。」

「雅琴她？」雅詩忽然意會過來了。

「是的，妳們要多看著她，我怕她會想不開。」

「我知道了。」雅詩回答說，但雅文似乎事不關己的樣子。

年紀較長的雅文已經唸大學，追求者非常多，是個八爪女，腳踏多條船，經常換性伴侶的她，或許覺得雅琴的事根本沒什麼吧！男人對她而言只是玩物，只是滿足自己性慾的工具，於是，雅詩有樣學樣，同時有三個男朋友，或者說是三個性伴侶，你也可以說是砲友。

拾壹：獸性大發

星期天的早上，廖仲秋開著車出門，停好車走向一間平房，一看就知道是間公家機關的宿舍，客廳裡，一個男人只穿著白色背心跟黑色七分短褲，兩隻腳架在茶几上看報紙，此時門外的廖仲秋正在按電鈴，那男人自言自語地說：「這麼早，是誰啊？」他穿上藍白拖鞋走到門口去開門。

「廖兄登門拜訪，不知有何貴幹？」

「燕飛要我找你幫忙。」

「請進。」

「欽平，我知道你還對我有敵意，可是這件事……」林欽平打斷他。

「燕飛的事就是我林欽平的事。」

「好，我希望你給我們意見。」

「這樣啊！可是報了案會很麻煩，將來還要開庭指認，你確定你的女兒能夠承受得了嗎？萬一對方上訴，開那麼多次庭，對她的心理會留下很大的創傷，說不定會瘋掉的！」廖仲秋將事情原原本本的說了一遍，林欽平說。

「我擔心的就是這件事。」

「您好。」這時電話響了，林欽平接起電話。

「隊長，請趕快回來局裡一趟。」

「什麼事？」

「又有強姦案發生。」

「什麼？我立刻過去。」

「怎麼了？」廖仲秋問。

「這個星期已經有三個女孩在中興大學圖書館外被強姦，連同你的女兒，總共有四個受害者。」

「你怎麼不早說。」

「我們原本以為他會找別的地方再犯，沒想到他居然又在圖書館外犯案。」

「你打算怎麼做？」

「我看上級會成立專案小組，你放心，我會盡全力破案的。」

「你一定要將他繩之以法，否則我難消心頭之恨。」

「我們抓到人後，會在監獄裡找人好好修理他，你不用操心。」

回到刑警隊裡的林欽平，立即召開了會議，他知道這件事如果不趕快處理，一定會鬧得很大。

「有什麼特別的資料？」林欽平問。

「兇手很年輕，應該不到三十歲，皮膚很黑，左額頭上有一條長約三公分的疤痕，拿著一把槍威脅受害人，如果不從的話，他就會開槍殺死受害人，所以到目前為止，四個受害人都沒有人敢反抗。」一名刑警說。

「犯案時間呢？」林欽平問。

「都是晚上九點以後。」

「還有什麼重點？」

「沒有了，線索非常有限。」

「好，分成三組，每天下午五點起，每組兩小時、兩個人，分別埋伏在圖書館出口兩側，用無線電聯絡，另外兩組在圖書館前後各一百公尺處待命支援，歹徒有槍，所以執勤的時候一定要穿上防彈衣。」

「萬一歹徒抓了人質怎麼辦？」

「一個盯他，一個通報尋求支援。」

「可不可以直接斃了他？」

「可以，報告上寫對方先開槍就好。」

「這樣好嗎？」

「沒什麼好不好的，已經有四個受害人了，這種人渣，殺一個少一個。」

「可是謝立委不是才在電視上說，要我們注重犯人的人權，不可以對嫌犯動手動腳。」

「去他的人權，如果被強姦的是他老婆還是女兒，我看他還會這樣說嗎？」

「說的也是，這個傢伙毫無人性的。」

「還有問題嗎？」

「沒有。」

「今天就開始執行獵狼計劃。」

拾貳：銷聲匿跡

由於另外三名被害人的報案，描述的對象都指向曾家豪，這讓偵辦的林欽平不由地眉頭深鎖，他在圖書館周邊布下重兵，每天傍晚到圖書館熄燈後都有六個刑警在巡邏，可是苦等了一個月都沒有下落，原來，報紙上的社會版誤事了，上面這麼寫著：中興大學圖書館外出現色狼，持槍威脅被害人就範，據傳已有四名受害者。

「你小心一點，別被抓了。」奇松找來曾家豪，手上拿著報紙指著那篇新聞說。

「大哥，你在說什麼？」曾家豪假裝不知情說。

「別裝了！這報紙上刊的四個女孩，都是你把人家強姦的齁。」奇松盯著他的眼睛說。

「你怎麼知道？」曾家豪有些錯愕。

「用腳趾頭想也知道是你，你每天都傍晚才出門，我看你都是往中興大學的方向，有一天，我偷偷跟在你後面，看到你在圖書館外面坐了好久，所以，不是你還會有誰！」

「大哥！」曾家豪面色如土的看著奇松。

「放心，你被抓我也要死，你別忘記，槍是我拿給你的。」

「以後我會換地方。」

「你現在要做的是避風頭，最近別再犯案了，換地方對你來說還是很危險。」

「那要等多久？」

「少則一個月，最好半年以上。」

「我知道了。」

「好了，該說的都說了，我要睡覺了。」等曾家豪離開，奇松倒頭就睡。

於是曾家豪消失了一個月，他不出門、不剪頭髮、不刮鬍子，出門的時候總將棒球帽反戴，把額頭上的疤痕遮住，除了買便當之外都待在家中，偶爾租一些 A 片回家看，這使得專案小組的努力全都白費，只因為一篇新聞。

刑警隊裡，林欽平的兩個得力助手吳宗志跟賴良忠正在討論案情，吳宗志說：「我看，是報紙讓那個傢伙不敢再犯，躲起來了，這件案子暫時很難有新的進展。」

「我有同感。」賴良忠說。

「你們有什麼看法？」林欽平說。

「根據筆錄，嫌犯持有的是黑星手槍。」吳宗志說。

「中部最近沒人賣，只有邱昱民有貨。」賴良忠說。

「你的意思是什麼？」林欽平說。

「逼邱昱民現身。」吳宗志說。

「我等等聯絡記者。」賴良忠說。

於是各大報跟電視新聞都以頭版報導邱昱民，這下邱昱民連出門吃飯都成了問題，逼得他只好把老朋友奇松拖下水，他用公共電話打給奇松：「你可以來一趟嗎？」

「警察要把你逼死，你完蛋嘍！」

「我一天沒吃飯了，幫我帶些吃的過來。」

「我最近欠錢用啦！」

「放心，錢我很多。」

「好啦！我現在就過去。」

奇松買了便當給邱昱民，從此之後的三個月內，警方找不到邱昱民，也沒有曾家豪的消息，兩個人都銷聲匿跡，彷彿人間蒸發。

拾參：美麗的女人容易變

台中商專(1999年改制為台中技術學院)對面補習班林立，專收高職升二專的卻只有一家：毓才補習班，班主任沈三郎知道男生都喜歡美女，所以他特地挑了兩個美女坐鎮櫃檯最前線，一個是鍾憶萍，另一個是葉素敏，這兩個女孩都是美女，男生看到就想搭訕的那種美女，她們兩人在過去一年裡已經招生超過一千人，是補習班的印鈔機，占補習班業績的七成，另外的三個女孩是所謂的中等美女，不過也各自有追求的對象。

林欽平的獨子林玉書功課不佳，早就被母親張怡芬逼得快精神分裂，他騎著黑色變速腳踏車，停在毓才補習班外的人行道上，把帽子拿在左手上，用右手撥弄頭髮，從書包裡拿出鏡子照了一下髮型，看著自己帥氣的臉龐，不由自主地笑了，有一點自戀，不過他真的很帥，是會讓女孩迷失的那種帥，他遺傳到他的曾祖父，那個從荷蘭來的男人，經過兩代之後，林玉書仍保有荷蘭血統的特色，白皙的皮膚，深邃的五官，還有略帶咖啡色的頭髮，一看就知道是個混血兒，他背著書包走進補習班的門，葉素敏的目光立即投射在他的臉上，不過，林玉書的目光卻停在鍾憶萍臉上，一頭俐落的短髮，陽光般燦爛的微笑，就像是全民開講的主持人李豔秋的翻版，當然，是年輕時的翻版。

「你好！林同學，你想報讀哪一班？」鍾憶萍水汪汪的大眼看著林玉書，他簡直毫無招架之力，癡癡地望著鍾憶萍，竟忘了回答。

「林同學，林同學，林玉書同學。」鍾憶萍看著他制服上的名字並大聲說。

「什麼事？」才幾秒鐘而已，林玉書已經喜歡上鍾憶萍。

林玉書對鍾憶萍可以說是一見傾心，無論鍾憶萍說什麼他都說好，於是很快的就繳了訂金，一頭栽進這愛的漩渦中，他並不知道，鍾憶萍的追求者眾多，多到他無法想像，光是排隊約會就得超過一個月，於是他陷入了苦苦的單戀，只能遠遠的看著總是將微笑掛在臉上的鍾憶萍。

校園裡，一個女生匆忙地從三樓跑下樓，差點撞上林玉書，她在一樓的樓梯口緊急煞車，兩個人的距離不到二十公分，還在喘氣的廖雅詩沒站穩，用雙手抓著林玉書的雙手，兩個人的鼻子只差那麼一公分就撞上了，廖雅詩放開手，林玉書向後退了一步，望了廖雅詩一眼便轉頭就走。

並非廖雅詩不美，所以林玉書不多看她幾眼，而是他已經另有喜歡的對象。身為美女之一的廖雅詩，今天居然碰到一個對她沒什麼感覺的男生，心裡當然不舒服了，他怎麼會連說句話都沒有就掉頭離去，這個答案卻立即揭曉了。

「你們約會吧！我要去補習了。」放學後，陳清雲竟然跟林玉書在一起研究音樂，廖雅詩走到他們旁邊，林玉書抬起頭來望著廖雅詩說。

「清雲，怎麼不介紹一下你的好朋友？」卻見廖雅詩逮住機會說。

「喔！他是林玉書。」陳清雲指著他制服上的名字說。

「你好，我是廖雅詩。」

「我知道！妳是建圖科二年級的，妳跟曹瓊華是同班同學，對嗎？」

「你喜歡她？」廖雅詩帶著些醋意的問。

「同一個社團的，談不上喜歡。」

「原來你早就認識我。」廖雅詩帶著些許不悅的說。

「妳是大美女，而我又不是瞎子。」

「對啦！你不是瞎子，再不走就會變成瞎子了。」陳清雲舉起右手假裝要插他的眼睛，濃濃的火藥味，並接著說：

「去看你的曹瓊華啦！她走過來了。」也是一頭短髮的曹瓊華，走路的姿態優雅，說話時給人很有氣質的感覺，皮膚黝黑，很對林玉書的味，只不過他以為曹瓊華早已名花有主，一直都沒當面向她表白。

「瓊華，妳來一下。」廖雅詩不知道在打什麼主意，將曹瓊華拉到一旁咬耳朵，講了一些悄悄話之後，曹瓊華居然走向林玉書說：「林玉書你好，我們是同一個社團的，對吧？」

「是啊！」

「你也喜歡唱歌？」

「很喜歡。」

「我也是。」

「這次的音樂晚會，我們社團裡沒人願意上台表演，不知道妳願不願意唱一首？」林玉書問曹瓊華。

「可是沒有人會彈吉他。」

「我會簡單的伴奏，應該沒問題。」

兩個人居然討論起來，這可是他們兩個人第一次聊天呢！這時，陳清雲跟廖雅詩早已手牽手，在百公尺外的榕樹下談戀愛去了，他們的戀情在學校裡是公開的，所以廖雅詩在校內並沒有其他的追求者。

林玉書跟曹瓊華一見如故，很快就敲定了要唱的歌，一首是鈕大可跟馬玉芬合唱的《無奈》，另一首是張清芳的《我還年輕》。

兩個人會選這兩首歌有著一段傳奇般的故事，話說四年前，林玉書在某個夜裡，夢見一個女孩，短髮，皮膚黝黑，身穿白色襯衫，黑色短裙，白襪，黑皮鞋，她的樣子就跟現在的曹瓊華一模一樣，就站在現在他們兩人談話的草地上，之後他又夢見這個女孩好多次，但這個素未謀面的女孩到底是誰？又為何總愛闖入林玉書的夢中呢？直到某一天曹瓊華就出現在校園裡，她的樣子跟夢中沒有兩樣，走路的優雅和甜美的笑容也一樣，林玉書知道，曹瓊華就是夢中人。

林玉書喜歡曹瓊華在校園裡也早就不是個祕密了，他寫了幾次情書，由同學傳給曹瓊華，只是曹瓊華都拒人於千里之外，從未答應林玉書的邀約，時間久了兩人也逐漸忘記這回事。讓人意外的是今天曹瓊華竟然爽快的答應表演的事，而因為她的聲音像極了張清芳，所以就選了當初拒絕林玉書為理由的這首歌：《我還年輕》。兩個人在草地上坐著，林玉書彈著吉他，排練了十多次便演練完成，他們的合作，就好像是早已經認識許久的伙伴一樣。

音樂晚會那天下午，兩人排練了兩次，確認了默契之後便停止練習。

「妳的聲音很好聽。」

「你也是。」

「晚上的事我練習了好久，就怕出錯。」

「你太緊張了，你彈得很棒，已經不用看譜，擔心什麼！」

「……」林玉書緊盯著曹瓊華的眼卻欲言又止。

「我要去吃飯了，晚上見。」

「再見。」曹瓊華沒有給他機會。

當《無奈》唱畢之後，現場五百多個同學的掌聲如雷，並且「安可」聲不斷，而《我還年輕》更是讓同學們如癡如醉，只不過，他們兩人卻從此分道揚鑣。

第二天早上，校園裡最轟動的大事就是他們兩人的表演，曹瓊華受不了流言的困擾，從此不願再和林玉書說一句話，這讓林玉書很灰心，這個轉變，讓林玉書可以專心的追求鍾憶萍。

校園裡，曹瓊華跟林玉書擦身而過，林玉書面無表情，緊接著曹瓊華後面的是廖雅詩，她注意到這個微妙的變化，也把握住機會。

拾肆：腳踏兩條船

「耶！玉書，你怎麼了？」廖雅詩故意問。

「沒事。」

「你失戀嘍！」

「別亂說，我跟她是清白的。」

「跟你開玩笑的，昨晚你們的表演很精彩。」

「謝謝。」

「看不出來你的吉他彈得那麼棒。」

「還好啦。」

「我想補習，你現在在那裡補啊？」

「毓才，商專對面。」

「聖林不好嗎？」

「很好，但是我不喜歡，太壓迫了。」

「這樣啊！那邊的費用是多少？」

「一學期一萬二，全套。」

「什麼是全套？」

「只要二專有考的都有教。」

「那我也要去補。」

「可是妳才高二，很多課還沒上過。」

「我才不管。」

「我該走了，再見。」

「掰掰。」

廖雅詩很快的就到了毓才報名，並且指定要坐林玉書的正前方。補習班的教室裡，英文名師王偉正在上課，林玉書的旁邊，原本有三個新民高中的男學生，不知道為什麼？今天都缺席了，廖雅詩趁機坐在林玉書的身邊，兩人似乎很親密的樣子，這是廖雅詩泡男生的絕招，電眼。

班導師見狀居然跑到辦公室裡跟鍾憶萍打小報告。

「耶！林玉書有別的女朋友，妳知道嗎？」

「是嗎？他吃了熊心豹子膽啦？昨天下午他才約我看電影呢！老師你沒看錯吧？」鍾憶萍一副不信的表情。

「那個女生是他同校的，天使臉孔，魔鬼身材。」

「叫什麼名字？」

「廖雅詩。」

「原來是她，難怪她昨天來報名的時候特別要求要坐在玉書前面，原來是另有所圖。」

「你們照過面了啊！怎麼樣？她很火辣吧？」

「是啊！她有一雙電眼，又有模特兒般的身材，看來我遇上勁敵了。」

「追妳的人起碼有二三十個，妳又何必在意林玉書這個小鬼呢？」

「你不知道，他這個人很好玩，說話很有趣，而且上知天文，下知地理，學識很豐富，完全不像個高職生。」鍾憶萍正說著林玉書的優點，暗戀了鍾憶萍許久的導師周治新醋勁大發，臉色鐵青，鍾憶萍見狀連忙轉移話題。

「周老師，請把這些講義發給 E 班的學生。」她手裡拿著一大疊講義，周治新仍在氣頭上，竟然沒反應，班主任沈三郎在一旁大喊：「周導，你在發什麼呆啊？」

「喔！對不起，我馬上去發。」

「別再激周導了，他快被妳逼瘋了。」周治新匆匆離去之後，沈三郎對著鍾憶萍說。

「誰教他自不量力，什麼都不會，也不照照鏡子，看自己長得有多衰。」一旁的葉素敏正在竊笑。

「反正以後別再激他了。」沈三郎說。

「是的，老闆！本姑娘不會再犯了。」

「耶！他可是妳的天字第一號粉絲，妳怎麼可以這樣對他啊。」葉素敏說。

「因為我不喜歡他，做什麼都鬼鬼祟祟的，妳沒發現嗎？」

「好像是齁。」葉素敏嘟著嘴說說。

補習班下課了，廖雅詩對林玉書說：

「陪我去麥當勞好嗎？」

「要幹嘛？」

「陪我聊聊天好嗎？」

「那走吧！」

公園路上的麥當勞，晚上十點左右，高朋滿座，想找個位置都有些難，這時剛好有一對夫妻跟小孩要離開，要不然他們兩人就得要用站的。

「清雲就快畢業了，我真捨不得他。」廖雅詩說。

「是啊！以後我也看不到瓊華了，想不到自從音樂晚會之後她就不理我了。」林玉書感慨地說。

「她不理你是正常的，誰教你們把歌唱得那麼好，第二天，全校都在討論你們的事呢！」

「我怎麼都不知道？」

「去問清雲就知道啦。」

「好，我會去問的。」

「我知道你的英文很厲害，可以教教我嗎？」她一副楚楚可憐的樣子，但陳清雲是好朋友，一定要先知會他，於是林玉書接話說：「這……清雲知道嗎？」

「有什麼關係！只是討論功課而已，誰教他英文那麼差，真奇怪，你跟加年的英文都是九十幾分，清雲則老是在及格邊緣。」

「他啊！不止討厭英文，連英文歌都不肯聽。」

「難怪！耶！你到底答不答應我啦？」

「好吧！不過你們兩個在學校裡也算是名人，我不希望這件事被他誤會，妳明天先知會他一聲。」林玉書面有難色地說。

「沒問題，瞧你怕的。」林玉書沒吃晚餐，一下就吃完一份套餐，廖雅詩卻只喝了半杯咖啡，她把薯條跟漢堡都給了林玉書。

「妳餵豬啊？」

「人家在減肥。」

「吃不完就別點嘛！」

「不管，你幫人家吃嘛。」林玉書只得再吃一份套餐，卻見廖雅詩開心地笑著，她還真美，雖然不是林玉書喜歡的型，但美女就是美女，林玉書心中有一絲絲的感覺，但一想到她已經是清雲的女朋友，他就無法再想下去了。

上天似乎故意要製造機會給廖雅詩，當他們離開麥當勞時，廖雅詩的腳踏車不見了，是的，就這麼巧。

「車子呢？怎麼不見了，這麼晚了，要怎麼回去啊？」

「應該是被偷了，妳看！」地上還遺留著被剪斷的鎖。

「你可以載我回去嗎？」

「沒問題！只要妳不怕被我吃一點豆腐。」

「討厭。」

「妳看，我的車是單人座的，妳要坐，就只能坐在這隻鐵條上。」

「誰怕你了。」

就這樣，廖雅詩側坐在鐵條上，林玉書的右手會碰到她的背，他的鼻子就在廖雅詩的頭髮旁，一陣陣香味飄向他。

「妳也用海倫仙度絲洗頭啊？」

「還不是你教清雲用，他又教我用。」廖雅詩回頭的時候，雙唇不知是故意或是不小心去接觸到林玉書的嘴，她不但沒有立即閃開，反而像是在等待什麼！林玉書呆住了，緊急煞車，他呆住了，不知所措！他隨即又踩上腳踏板，慢慢前進，他的心亂了，他知道，廖雅詩是故意的，只是為什麼呢？一路上，林玉書不再說話，廖雅詩也沒說話，他將廖雅詩送到家門口。

「再見。」廖雅詩走到門口又跑回林玉書身邊，朝著他的臉頰一親。林玉書的心跳得很快，他知道，廖雅詩是故意的，但為什麼呢？晚風吹在林玉書的臉上，他慢慢地往回家的路上騎去，抓破頭仍想不出原因，這個女孩可是死黨兼換帖的馬子，怎麼辦呢？

拾伍：狼蹤再現

陳清雲回到住處，房東黃銘德正走向他，他們一如往常地相互招手：「快畢業嘍！」

「是啊，明天就要先回台北了。」

「這麼急幹嘛？我又不會多收你房租。」

「我的女朋友來了，對不起喔，黃大哥，改天再聊。」

房東黃銘德在一旁癡癡地望著廖雅詩，他暗戀廖雅詩已經很久了，自從她來到陳清雲的住處起，已經有一年了，這一年來，他只有看的分兒，因為他知道這個女孩是屬於別人的，至少現在是如此。

陳清雲的房間裡，兩個人正在道別。

「明天我就要回台北了。」

「你不留下來陪我？」

「我很想，可是……」

「可是你沒錢，必須要工作，為什麼不能在台中找工作？」

「這是我爸的安排。」

「又是你爸，為什麼你總是聽他的安排。」

氣沖沖的廖雅詩轉頭就走，陳清雲一臉錯愕，沒追出去，丟了腳踏車的她，今天又用走的回家，這時已經晚上十點十分，大部分的夜間部學生早已離開校園，停車場裡只剩三個男生跟一個女生在聊天，那個女生跟三個男生一起離開，工學路上只有一個孤單的身影，就是廖雅詩，她仍在氣頭上，沒注意到草叢裡忽然冒出一個人，曾家豪蒙著臉，手拿槍慢慢靠近她，忽然他用槍抵住廖雅詩的背。

「別動，別出聲，否則我送妳兩顆子彈嚐嚐。」廖雅詩沒有聽曾家豪的話，轉過頭來正想大叫卻看到曾家豪手上拿著一把槍指著她，嚇得腿都軟了。

「乖乖聽話我就不殺妳。」廖雅詩點點頭，被押到一旁的空屋內。

「妳自己脫衣服，免得等等回家時難看。」廖雅詩呆住了，她怎麼也想不到妹妹的遭遇會在自己身上重演，她真的嚇呆了。

「快脫啊！別逼我動粗，扯破了妳的衣服。」曾家豪冷冷地說。廖雅詩嚇哭了，眼裡含著淚水，將白色襯衫跟裙子脫去。

「內衣內褲也脫掉。」曾家豪催促著。廖雅詩猶豫了一下，脫去僅剩的衣物。

「很好，趴在桌上，背對著我。」曾家豪滿意地說，但她呆住了。

「趕快，我很急。」

「快趴在桌上。」慾火焚身的曾家豪往前走了一步，用槍指著她的頭，廖雅詩無助地趴在一張重達幾百公斤的工作檯上，一絲不掛地，任由曾家豪蹂躪著，她的淚水滴在工作檯上，她不敢出聲，深怕被殺了。

曾家豪臉上得意而滿足的笑容，帶著些許的邪惡，他的抽動越來越快，廖雅詩的眼淚則不停地流，但不知為何？她居然有了生理反應，她不自主的叫了兩聲，引起曾家豪的興趣。

「幹！破麻假在室。」他輕蔑地用閩南語說。接著他更用力了，廖雅詩的生理反應更明顯了，她又叫了幾聲，而且是真正高潮般地叫聲。

「既然妳會爽，等一下再來一炮。」說完，曾家豪發狂似的動作越來越猛，不一會他停下了動作，他達到高潮了，不過，廖雅詩的反應也很大。

「我看妳今晚就留下來陪我好了，瞧妳爽的。」

「不，不要，求求你讓我回家。」廖雅詩楚楚可憐的樣子卻激發了曾家豪的性慾。

「再幹一次就放妳回去。」

「求求你放了我。」

「我說了，再幹一次就放妳回去，別再囉嗦了。」曾家豪提高分貝地說。

「求……」

「住嘴！再吵就一槍宰了妳，我照樣可以再上妳一次。」曾家豪拿著手槍對著廖雅詩，廖雅詩呆住了，不敢再說一句話。

「用嘴巴會吧！？看妳的樣子一定會。」過了半分鐘，曾家豪走到廖雅詩面前，廖雅詩點點頭。

「那就來啊！」曾家豪迫不及待的說。

「賤貨，過去趴下。」正當曾家豪陶醉的時候，廖雅詩不知為何停下了動作，曾家豪不悅的叫囂，並再度發狂似的抽動他的身體，而廖雅詩依舊起了生理反應，這讓曾家豪更加興奮了，終於，他逞完獸慾，穿起衣物，揚長而去。

空屋裡廖雅詩仍趴在工作檯上啜泣著，她一絲不掛，過了一會她發現曾家豪已經離去，便匆忙穿起衣物，奪門而出跑向復興路的方向，書包沒有帶走，就遺留在那裡，她花了約半分鐘跑到復興路口之後放慢了腳步，氣喘呼呼地，回頭確認曾家豪不在身後才放心，垂頭喪氣地走回家。

拾陸：人人自危

食髓知味的曾家豪開始到處尋找空屋，當然，附近要有女學生經過，陸陸續續的，逢甲大學跟東海大學都傳出受害者，不過，不是每個女孩都願意配合他，今天，他就碰上一個，這是他第一次碰上會反抗的。

逢甲大學附近，一條小路上，曾家豪拿著望遠鏡，遠方只有一個女孩，她低頭慢步，彷彿有心事，完全不知道自己已經踏上不歸路，曾家豪耐心的等她走到空屋旁，再突然出現，不過，那女孩並不聽他的。

「啊！啊！啊！」她不斷尖叫，不過附近沒有人，曾家豪荒了，拿起槍直接朝著女孩的胸口開槍，當然，她立即倒地，鮮血仍不停地從她身體流出，她開始感覺體溫下降，死神召喚著她，她終於閉上眼睛，曾家豪將她拖進空屋裡，再提了一桶水將馬路上的血跡沖洗乾淨，然後他走進屋裡，拿出一把美工刀，將那女孩的扣子一顆顆割掉，脫光她的衣物後，她的胸口上有一個彈孔，衣物上沾滿鮮血。

「操妳媽的！賤人，妳死了我一樣可以幹妳。」曾家豪發狂般的看著她說，當然，曾家豪強姦了她，只是這次是一具屍體，逐漸冰冷的屍體，他明顯感受到了，所以他草草了事之後便匆匆離去。

這個女孩的死，並沒有辦法阻止曾家豪，他又在四個不同的空屋裡得逞，這讓偵辦的林欽平很頭痛，而各所大學的女學生從此人人自危，大多結伴夜歸。

女孩的同學報了案，警察只是受理失蹤，她白死了！空屋被曾家豪用一個全新的鎖頭鎖上了，所以沒有流浪漢跑進去，屋主呢？屋主早就失蹤了，他欠了高利貸不少錢，被抓到山上埋掉了。

「同學，依照法律的規定，我們只能受理失蹤，必須找到人，否則什麼都不能辦。」警察回答她。

的確，人不見了也只能如此，這也是為什麼黑道殺人之後通常會毀屍滅跡，如此一來就什麼事都沒有了。那個女同學只好默默離去，不知道她的同班同學已經魂歸西天了。

由於曾家豪非常小心，所以他一直都沒有被抓，看著今天的報紙，林欽平不禁嘆氣了。

「這匹狼四處犯案，目前已經有十七名受害者出面報案，若加上未報案者受害人數恐超過三十人。」旁邊的員警說。

「該怎麼辦呢？」林欽平手拿報紙喃喃自語道。

拾柒：身心俱疲

這些受害者大多數都身心俱疲，廖雅琴到現在還不願意單獨出門，上課一定要廖仲秋接送，她在呂燕飛的陪伴下進了婦產科拿掉了小孩，不過廖雅詩就沒那麼幸運了，從小她就很倔強，發生這種事，她一定是默默承受，不願告訴任何人。

「有沒有驗孕的產品？」西藥房裡，廖雅詩問店員。

「小姐，多久了？」

「大概一個月。」

「那用這個好了，知道怎麼用嗎？」

「不知道。」隨後店員教她怎麼使用。

回到家中，她看著驗孕棒上確定懷孕的結果，呆坐在那裡，一個人在房裡哭泣，陳清雲不在身邊，林玉書也不在身邊，她的心情非常沮喪，喃喃自語。

「怎麼辦？沒錢拿掉小孩。」她用力搥打著自己的小腹，又用鐵絲捅自己的子宮，就是希望流產，終於，她如願了，她的下體不斷地流血，她將浴缸裝滿水，把自己泡在裡面，希望將自己的身體清洗乾淨。

另一個受害者，受不了鄰居的指指點點，從住處的頂樓七樓往下一跳，結束了她短暫的十八年人生，她會死，都是因為一個多嘴的鄰居造成的。時間回到她報案那天，這個鄰居因為車禍進了警局，兩人就在那裡相遇，辦案的剛好是他的朋友，他們兩個的多嘴送掉她的性命。

「她被強姦了。」警察小聲說。

「什麼？怎麼會這樣？」

「好啦！你的事處理掉就好了，快走吧！」

隔幾天，女孩被人強姦的事就傳遍了附近所有家家戶戶，當然，也被女孩知道了。

「媽媽說妳被人強姦了，妳好可憐喔。」一個鄰居的小孩跑到她面前說。從那時起，這個女孩就被指指點點，當然，她受不了又逃不掉，選擇自殺或許是一種解脫，要不然，她不知道還要忍受多久。

另一個受害者，經過了五年，她還是每天在洗澡時用了將近一小時，因為她想洗去曾家豪的味道，即使那味道早已不再，而面對自己的男朋友，總是會在做愛的時候，想起曾家豪可怕的眼神和詭異的微笑，然後推開男朋友，男友莫名其妙被推開無數次之後，仍然無法突破她的心防，既然如此，那男人也逐漸冷淡，找了別的女人，兩人終於還是分手。

拾捌：一團迷霧

受了傷害的廖雅詩，決定封閉自己，她的決定，又會造成什麼樣的後果呢？

電話響了，她不想接，她拒絕了任何人的關心。

「喂！妳好，我找廖雅詩。」陳清雲撥電話過來，他站在台北市的某個路口，某個公共電話亭裡。

「她不在。」廖雅詩拿起電話只回答了一句就用力掛上，明明是雅詩的聲音，但為什麼她要騙人呢？陳清雲怎麼也猜不透雅詩在想什麼？於是他決定親自回台中看個究。

廖雅詩每天都會到中興大學圖書館去唸書，並且很晚才會回家，不過，不論多晚，陳清雲都願意等，晚上十點二十分，復興路上只有一個孤單的身影，來來往往的車輛，卻永遠只有一個孤單的身影，就是廖雅詩，她孤單地從中興大學走回家，沒有人陪。

「妳是怎麼了？都不接我的電話。」陳清雲在廖雅詩的家門口等待著，他終於等到了，廖雅詩不理他，從口袋裡拿出了鑰匙，打開門。

「我好想妳。」陳清雲抓住她的右手說。

「我好想死。」陳清雲怎麼樣也想不到廖雅詩的回答那麼嚇人。

「滾回台北去吧！」陳清雲嚇呆了，他把手一放，廖雅詩直接進了門，並用力關上，隔著門大喊。

「我好想死！我好想死！我好想死！」

「滾回台北去吧！滾回台北去吧！滾回台北去吧！」

這兩句話就像是跳針的唱片，一直在陳清雲的腦海裡迴旋，揮之不去！

門的另一邊，廖雅詩蹲在門口，偷偷地哭泣，一滴眼淚從她的眼中滑落，她又陷入那天晚上被強姦的陰影，她開始放聲大哭，兩行淚水在臉上，她擔心被父母發現，用左手擦去眼淚，強忍住自己不安的心，面無表情的走上樓梯，回到自己的房間，趴在自己的床上，再度啜泣！

門的這一邊，陳清雲的眼淚不禁流下，一個多月沒見面，怎麼會變成這樣呢？他顧不得林玉書的家教，在晚上十一點左右撥電話過去：「林媽媽，請問玉書在嗎？」

「清雲啊！這麼晚了，有什麼事嗎？」林玉書的母親張怡芬問道，「我可以過去找玉書嗎？」

「那小子去約會，還沒回來呢！不怕等的話就過來坐坐吧！」

「這樣好嗎？」

「有什麼關係，反正應該快回來了。」

一間五樓公寓，陳清雲走到門口，鐵門壞了，他直接爬樓梯上五樓，按電鈴。

一名年約四十五歲的女人身穿睡衣打開門：

「進來坐吧！」

「伯母，玉書他呢？」

「他最近猛追補習班的櫃台小姐，你幫我勸勸他，他書都不讀了。」

「喔！我會的。」

「今天怎麼有空來，聽說你回台北去了。」

「我剛才去找廖雅詩，可是她不理我。」

「廖雅詩？她爸爸是不是叫廖仲秋？」

「您知道？」

「只是認識而已。」

「媽，我回來了，清雲，你怎麼來了？」這時大門打開了，林玉書走進家門。

「雅詩最近都不理我，剛才我去她家，她只說了一句她好想死，就把我趕走了。」

「莫非是？」張怡芬插嘴說。

「媽！那是雅琴。」

「喔！對齁。」張怡芬自言自語道。

「怎麼了？」陳清雲問。

「媽！我該說嗎？」

「你們是好朋友，自己決定。」張怡芬說。

「半年前，雅琴在中興大學圖書館外被強姦了，可是，這跟雅詩又沒有什麼關係。」

「你們最近有在補習班碰面嗎？」

「你這麼一說我倒想起來了，你走的那天，她就再也沒去上課了，補習班打電話去她家，她家人說去圖書館自修。」

「所以你也不知道她的近況。」

「是啊！我問過加年，他也說沒看到雅詩。」林玉書說。

「這麼說來，這件事有點古怪。」陳清雲說。

「說不定是她變心了。」

「不可能的，她那麼愛我……」

「她有沒有跟你說要我教她英文的事？」

「沒有。」

「那你可得小心點了，我覺得她應該是變心了，兩個月前她主動報名我那一班，還指定坐在我前面，後來更是每天坐到我旁邊，我以為她已經告訴你了呢！」

「那後來呢？」

「我當時正猛追鍾憶萍，就是櫃台小姐，長得很像李豔秋那一個，根本沒想到她可能是不甘寂寞。」

「我是說，你們……」陳清雲欲言又止。

「放心啦！我對她沒興趣，你明知道我喜歡的是曹瓊華。」

「誰是曹瓊華？」張怡芬忽然插嘴說。

「就是玉書房間裡那幅畫中的女孩啊！」

「可是那時他才十五歲，你們不是高中同學嗎？」

「本來我也不相信的，現在聽到伯母說了，我才知道玉書的夢是真的，不是為了追女孩子才編的。」

「耶！你自己的事還不夠煩嗎？幹嘛又扯上我。」林玉書想轉移話題。

「音樂晚會那晚，學校裡就在謠傳，說你們兩個早就已經在一起，我還聽到有人說你們已經生了一個小孩了呢！是真的嗎？」陳清雲開玩笑地說。

「難怪她會不理我，算了，反正我現在的目標是鍾憶萍。」

「你這小子，就知道泡妞，書都不唸。」張怡芬氣沖沖地說完後，走回房間，把門用力一關，碰！一聲巨響嚇到兩個年輕人。

拾玖：落網之狼

「再不破案，我們兩個都別混了，這已經是第三十個受害者了，你到底是怎麼辦事的？」警局裡，林欽平站在一張氣派的桌子前，低頭不語，另一個人是警察局長，他破口大罵，林欽平低著頭，靜靜地承受這一切的責罵。

「隊長，廖家已經有兩個受害者了，別讓我的女朋友廖雅文恨我辦事不力。」被罵完之後，林欽平面色凝重的走出局長辦公室，賴良忠說。

「我知道，原本我還以為廖雅詩運氣好，只是被扒光衣服，沒想到兩個月前她就被同一個人強姦了兩次。」

「嫌犯都帶著槍，看來我們要抓他得花一番功夫了。」

警局的偵訊室裡，黃銘德跟廖雅詩坐在那裡，廖雅詩開始敘述事情的經過。

廖雅詩在中興大學圖書館外，正準備回家，曾家豪忽然從草叢裡冒出來，並且用他一貫的手法。

「別動，別出聲，否則我送妳兩顆子彈嚐嚐。」

「是你，求求你饒了我，求求你！」好熟悉的聲音，廖雅詩回頭一看，竟然是曾家豪。

「原來是妳，我們可真有緣分啊！上次妳弄得我好爽，希望妳今天也跟上次一樣，好嗎？」

「不，不要。」

「小聲一點，乖乖到草叢裡，我不想讓子彈射到妳身上，我會心疼的。」他露出邪惡的眼神看著廖雅詩。

「不，求求你。」

「快走，再囉嗦就幹掉妳。」曾家豪拿起槍瞄準廖雅詩。

「求求你，讓我走。」草叢裡，廖雅詩已經脫光了衣服，她仍然苦苦哀求著。

「幹！廢話那麼多，再說我就幹掉妳。」

黃銘德一如往常的被兩條杜賓狗拉著走，他總在中興大學校園裡溜狗，今天，他的狗忽然發狂似的拉著他往草叢裡，兩隻狗都嗚！嗚！嗚！忽然間，其中一隻狗掙開了繩子，衝進草叢裡，一口咬住曾家豪的左手，曾家豪右手拿著槍，往那隻狗的側身開了一槍，一聲巨響，碰！曾家豪嚇到了，他急忙穿起衣服，拔腿就跑，杜賓狗快死了，平常總會拿骨頭給它吃的廖雅詩被狗認出了味道，所以救了她，廖雅詩看了狗狗一眼立即開始穿衣服。

黃銘德趕到時廖雅詩正在穿衣服，她已經穿好內衣褲跟裙子，正在穿白襯衫，黃銘德嚇到了，他除了看到廖雅詩，已經跑遠的曾家豪，還有在一旁已經奄奄一息的狗。

「沒事了，他已經跑了。」他走向廖雅詩安慰她。

「走，我帶妳去報案。」廖雅詩雙手抱胸，防衛心仍然很重。

「那個惡魔，在兩個月前就已經強姦過我兩次了，為什麼他不肯放過我？」警局的偵訊室裡，廖雅詩瀕臨崩潰地說，林欽平聽完之後相當震驚，他從來沒有這麼失落過，他要怎麼面對呂燕飛呢？

「他被狗咬傷了，一定會看醫生或到西藥房買藥，我們現在只要根據這條線索就可以逮到他。」警察局的會議室裡，吳宗志說。曾家豪不敢到醫院，因為那會留下資料，所以他到了中正路上的藥房，買了一個急救箱便匆匆離開，這條線索，終於讓這匹惡狼落網。

曾家豪的手上仍包著紗布，他走出門外，眼尖的吳宗志帶了六名身穿防彈衣的刑警在走廊上逮捕到他，那把槍，還在他的背包裡。

貳拾：亡命之徒

跟監曾家豪的行動中，警方發現了奇松，更追到了邱昱民的藏身之處。

「我說，我說，槍是跟奇松買的，他就住在我家樓上。」偵訊室裡，賴良忠發狂似的要打曾家豪出氣，他踹了曾家豪一腳，手腳都上了手銬的曾家豪被踢倒在地上，痛苦的說。

黑道是不講義氣的，因為講義氣的全都死了，所以曾家豪供出了奇松，那麼奇松呢？奇松的房間裡，他睡的正熟，門外，警方跟房東拿了鑰匙，直接開門逮人，所以他也被捕了。

警局的偵訊室裡，奇松不怎麼配合。

「我要抽煙。」賴良忠點了一根黃長壽給他。

「我肚子餓了。」賴良忠拿了一個麵包給他。

「我口渴了。」賴良忠倒了一杯水給他。

「我要上廁所。」

「不行，你五分鐘前才去過。」

「我肚子痛。」

「還會痛嗎？」賴良忠拿出一根警棍，在手上把玩著並問。

「不會了。」

「賤骨頭！還會餓嗎？」

「不會了。」

「再不招，這條販賣槍械就是你擔。」

「我不知道你在說什麼啦？」

「幹！我看你是欠修理喔！」

「我真的不知道啦。」

「說不說？」碰！一聲，賴良忠將警棍敲在桌上，就在奇松面前。

「說了就不用我擔了嗎？」

「說了比較輕，不說的話可能要判個十幾年。」

「好啦！我說。」

奇松因為平常會買飯給邱昱民，但是今天他遲到了，所以邱昱民感到不對勁，他做了幾個陷阱，等待著奇松。奇松的手腳都上了手銬，一步步走向邱昱民的小屋，此時他踢到了一條線，他忽然覺得不對，想要趴下，不過來不及了。旁邊的一顆樹上，一把烏茲衝鋒槍開始掃射，子彈穿過他的身體並擊中了他身旁的林欽平頭部，兩人都當場命喪黃泉。在他們後方的賴良忠跟吳宗志因為穿了防彈衣，雖然中彈卻只是倒地，身上有些瘀青！警方開始向那把槍的位置開槍反擊，當然，什麼也沒打到，吳宗志小心地靠近那顆樹，他看到一把槍綁在樹枝上。

幾百公尺外，邱昱民上了黑色愛快羅密歐，朝著小屋疾駛而來。

「一定是他。」吳宗志說，他立即用無線電通知所有人。

「歹徒火力強大，開車衝過來了。」

三名警察朝著輪胎開槍，終於爆胎，車子無法再開，邱昱民向警察投擲了一顆手榴彈，三名警察分別受了傷，一個被碎片刺進手掌，一個大腿上被劃了一道長約二十公分的傷口，另一個臉上被劃了一痕，碎片留在他的鼻頭上，三人皆躺在地上哀號。

「格殺勿論。」吳宗志拿起無線電下達追殺令。

另一組人員共六人，全都拿起 65 步槍，朝著正在奔跑中的邱昱民掃射。

他的身上被一顆接著一顆子彈穿過，鮮血從傷口噴出，他終於倒下，吳宗志跟賴良忠走到他的身邊，用手槍在他身上又補了十幾槍，當場將這個軍火販子處決。

貳拾壹：愁雲慘霧

天鷹幫的老大飛鷹的家中，一名小弟拿了一封信給他，飛鷹打開信一看，是一張照片，邱昱民慘死的照片，信紙上沒有署名，只用電腦印了短短幾個字：殺警察者將處以此刑，絕不寬恕，切勿以身試法。

信是賴良忠寄的，全台灣一百七十二個主要的中大型幫派都收到這一封信，這是一封警告意味非常濃厚的信，大多數的老大都派人出席林欽平的公祭，並藉機向台中市刑警隊示好，在那個年代裡，黑白兩道的關係就是如此微妙，到現在也是如此，這並不奇怪，全世界幾乎都是如此。

林欽平的公祭在台中市立殯儀館舉行，林玉書跟他的母親張怡芬哭紅了眼，廖雅詩跟著呂燕飛到場祭拜。

「如果不是因為我女兒的事，欽平也不會死。」呂燕飛對著張怡芬說。

「人都死了，說這些幹什麼？你們家也是受害者。」張怡芬說。

「沒想到～雅詩，妳跪下，快跪下！」呂燕飛嘆了一口氣，忽然情緒崩潰，廖雅詩被嚇到了，媽媽到底在說什麼啊？

「真是造化弄人。」呂燕飛喃喃自語說。

「妳在說什麼？」張怡芬對呂燕飛說。

「對不起！怡芬，我對不起妳。」呂燕飛說。

「雅文跟雅詩，都是欽平的女兒，只有雅琴才是我跟仲秋生的。」這下林玉書母子跟廖雅詩都傻了，呂燕飛到底在說什麼啊？呂燕飛嚎啕大哭了起來，她嗚咽地說，話一說完，這些話就像是跳針的唱片一直在張怡芬腦海中盤旋著，她昏倒了。

「難怪！妳看起來那麼像爸爸，原來妳是我的妹妹。」林玉書走到廖雅詩身旁說，並一手扶著她的媽媽，讓她靠在自己的胸膛上，不再說話。

這時廖雅文悄悄在一旁出現，她今天的樣子可真是嚇壞人了，因為她就像是長髮的林玉書，除了白皙的皮膚之外，任何人都會認為她跟林玉書是姊弟，而事實上也正是如此。

「妳～」她嚇到林玉書了，林玉書看著廖雅文。

「我是你姊姊。」

「還好～」

「還好你沒追上我，是嗎？其實我第一眼見到你，就懷疑我是林欽平的女兒，加上他這些年來總是對我跟雅詩很好，更讓我懷疑他的身分。」

「是啊！還好妳當初拒絕了我的追求。」

兩年前，林玉書在樂器行遇見了當店員的廖雅文，對她一見傾心，猛追了一個多月，有一天，林欽平帶著林玉書到樂器行，她才驚覺自己的身世可能是個謎，因為母親從前常跟林欽平見面，而且都是帶著她跟妹妹雅詩赴會，即使已經很多年了，她仍然可以回想起那些往事，那時候，廖雅文已經十一歲。

經過呂燕飛的解釋，雅文、雅詩明白了真相，但廖仲秋聽到了，他原本要來祭拜的，卻無意中聽到這段驚人的話，他戴著帽子、太陽眼鏡失魂落魄地走出殯儀館，低著頭，走著走著，根本沒看路，遠方一部趕著送貨的大卡車疾駛而來，駕駛正在點煙，雙眼正盯著煙跟打火機，猛一抬頭廖仲秋已在眼前，根本來不及煞車了，廖仲秋被撞飛了，當場死亡，頭部爆開腦漿四溢，待司機煞車將車停下之後，那司機的身體不停的發抖，一句話都說不出來，想下車但腳不聽使喚。

吳宗志跟賴良忠就在門口，被這一連串的煞車聲及撞擊聲嚇一跳，將頭一轉，已經是無法挽留了，他們兩人拔腿就跑向廖仲秋。

「你去說吧！」吳宗志拍拍賴良忠的肩膀，看著廖仲秋的屍體說。

「雅文，妳爸爸剛才在門口發生車禍，被撞死了。」賴良忠緩緩走向廖雅文並對她說。一個是生父，一個是養父，兩個父親都死了。

「肩膀借我一下。」廖雅文很堅強，沒有流下一滴淚，只抱著賴良忠，默默承受著這連串的打擊。

貳拾貳：怒火

林玉書終於明白了廖雅詩為什麼會冷落陳清雲，他極為不捨，找來楊加年。

「怎麼辦，清雲知道了以後一定會發狂的。」林玉書說。

「不說他也已經發狂了，他還以為是你搶走了雅詩。」楊加年說。

「什麼時候的事？」

「你教她英文之後那一陣子，你跟雅詩的事早就傳遍校園。」

「為什麼我都不知道？」

「這種事本來就是這樣，當事人永遠是最後才知道的。」

「那要怎麼開口？」

「我來說吧！他現在還在生你的氣。」

公園路自由路口的麥當勞二樓，一樣的位置，不一樣的兩個人。

「你知道雅詩最近是怎麼回事嗎？」陳清雲說。

「我知道，所以我找你來。」楊加年說。

「你快說。」

「你先答應我，聽了之後要冷靜。」

「為什麼？」

「你先答應我。」

「好。」

「你仔細聽清楚了，雅詩被人用槍脅迫，強姦了她兩次。」

「什麼？你再說一次。」陳清雲驚訝的說。

「你聽到了，她被人強姦了，就在你搬回台北前一天。」

「兇手抓到了嗎？快告訴我！」陳清雲已經情緒失控，雙手抓著楊加年的手。

「冷靜一點。」

「冷靜一點！這種事你叫我冷靜，你是不是朋友啊？」

「我跟玉書就是怕你會受不了，所以才瞞到現在。」

「雅詩她～」陳清雲低著頭喃喃自語道。

「清雲！清雲！你聽好了，兇手已經落網了，現在最重要的是雅詩，你要多陪陪她。」陳清雲並未聽進去，他已經失去理智，楊加年之後所說的話，他一句都沒聽進耳，他的怒火已經開始燃燒，並且先燒傷了自己的心靈。

警察局的辦公室裡，陳清雲跟賴良忠已經談了四個小時，無論賴良忠怎麼勸，陳清雲都堅持要報仇。

「你不幫我的話我自己想辦法。」

「你一定要去？」

「沒錯。」

「好，我可以幫你安排，不過別鬧出人命，你廢了他只會判殺人未遂，法官會同情你的遭遇，只輕判五年，所以你只會被關兩年多，如果你殺了他，會連累很多人的，我希望你考慮清楚。」

「放心！我只會切下他的犯罪工具。」

「那就這麼辦吧。」

「我支持你，這種混蛋早死早超生。」看守所裡，陳清雲被安排跟曾家豪同房，由於賴良忠刻意的安排，獄警們相當配合，還拿了一把美工刀偷偷塞給陳清雲，這個獄警悄悄地說。

「謝謝！」陳清雲輕聲地說。

凌晨三點，所有人都熟睡了，陳清雲張開眼睛，拿出美工刀，慢慢接近曾家豪，趁著他睡得正熟，脫掉他的內褲，大多數的犯人都習慣只穿內褲睡覺，曾家豪也不例外，陳清雲左手抓住他的寶貝前端，右手拿起美工刀猛力一切，一聲慘叫，這時交給陳清雲美工刀的獄警走到門口，示意陳清雲將刀子交回，曾家豪下體鮮血不停的流，他不斷哀號著，但沒人肯幫他，因為他的事早就傳遍看守所，每個人都想修理他，但都為了顧及刑期，沒人願意動手，陳清雲將切下的那一節丟進馬桶，用水沖掉了，這下，曾家豪得到報應了。

「9325 曾家豪受重傷，請求戒護送醫。」獄警冷冷的看著他，拿起對講機。

「收到。」

這一切都是套好的，所以幾個獄警有說有笑的將曾家豪上了手銬腳鐐，將他送到附近的培德醫院。

陳清雲果然被判刑五年，而曾家豪則是二十三年，當然，這些都是後話了。

貳拾參：黃金單身漢

大學之狼的事件暫時落幕了，不過冗長的審理過程對受害者的煎熬仍持續著，每一次開庭，法官每問一句話，曾家豪每一次轉頭看著她們，都對這些受害者再一次產生新的傷痕，永無止境，直到三審定讞的那一天。

廖雅詩拋開她心中的陰影，走進興大圖書館裡唸書，黃銘德則依舊牽著杜賓狗在校園中散步，只是少了一隻，因為其中一隻已經被曾家豪用槍殺死了。

「謝謝你上次救了我，害你的愛犬被殺死，真的很抱歉。」吃飯時間到了，廖雅詩收拾書本，走出圖書館，看到黃銘德，並走向他。

「沒關係，妳沒事就好。」他癡癡地看著廖雅詩，用愛慕的眼光看著。

「沒事的話我要回家了。」

「好！再見。」黃銘德目送她離去直到她消失在眼底。

四十歲的黃銘德，長相平凡，平時沉默寡言，總是穿著一件破汗衫，那件汗衫看起來已經至少穿了十年了，已經從白色變得有些泛黃，上面有不少破洞，儘管如此，還是有很多人認識他，因為他是個黃金單身漢，在中興大學旁邊擁有十二間透天店面，每個月光是租金收入就超過三十萬，整天沒事做的他，不是溜狗就是坐在籃球場旁發呆，一件破汗衫加上一雙發黃的藍白拖鞋，看起來就像是一個流浪漢，不過他不是，反而是一個黃金單身漢，誰也想不到這個人身價超過一億。

過了一天，二十四小時，一千四百四十分鐘，八萬六千四百秒，相同的地點，廖雅詩又和黃銘德見面了，對廖雅詩來說，一天就在忙碌中過去了，可是對黃銘德而言，這一天可真辛苦的，自從昨天見面之後，他的腦海裡就一直出現廖雅詩的身影，他無法忘懷她的美麗，時時刻刻都在期待能夠與她再見一面，那怕只是驚鴻一瞥，他的心已經被這個女孩所占領。

「你每天都出來溜狗那麼久，老婆不會罵你嗎？」

「我還沒結婚。」黃銘德紅了臉。

「大哥你幾歲了？還沒結婚！」

「四十。」

「你爸媽不會催你結婚生小孩喔？」

「唉！」黃銘德長長地嘆了一口氣，走向圖書館前的階梯前坐下來。

「從小，我就不知道我的父親是誰，十三歲那年，媽媽給我一個地址，一張照片跟一封信，叫我來這裡找一個男人，那個人就是我的爸爸，那天起，媽媽就失蹤了，我只知道她去了日本，應該是去陪酒，爸爸的身體不好，才過了一年多，他就因為肝硬化死了，他留下一封遺書要給我媽媽的，不過她永遠也看不到了，遺書在這裡。」黃銘德從口袋裡拿出一張泛黃的紙，上面的字已經有些暈開了。

文華：

銘德這孩子很乖，我會將所有財產留給他，至於妳，妳還恨我嗎？當年若不是因為我腳踏兩條船，你們母子也不至於餐風宿露，我現在後悔也來不及了，因為我就快死了，我的身體一天比一天虛弱，越來越容易累了，不知道我臨終前能否再見妳一面。

志強　筆

「那你媽媽呢？」時間回到興大圖書館前的階梯，廖雅詩問道。

「她整天陪人喝酒，最後～」他欲言又止，像是在忌憚什麼！

「她跟我一樣？被人強姦了？」

「不，是被五個男人輪姦，然後被活活掐死。」他雙拳緊握，彷彿要到現場將那些人殺死一樣，他得眼中充滿憤怒。

「原來，還有人比我更可憐。」

「所以我的父母並沒有再相見。」

「那你是怎麼過日子的？」

「爸爸留下了三千多萬的遺產給我。」

就這樣，兩個人天天都在興大圖書館前的階梯上聊天，在校園裡散步，最後成了好朋友，如果只是好朋友，那就簡單了，黃銘德是個男人，正常的男人，對於喜歡的女人怎麼可能不追求呢！

貳拾肆：淡忘

任何事情經過了一段時間過後，就會被沖淡，陳清雲入獄之後，黃銘德取代了他得位置，這是無法避免的，因為廖雅詩需要人陪，需要被愛。為了報達救命之恩也好，或說是需要安全感也好，黃銘德真心的付出，終於得到廖雅詩的心，兩人的關係越來越好，距離也越來越近，從聊天、散步、牽手升級到情侶關係。

「我要回家了。」黃銘德的房間裡，床上躺了兩個人，一個是黃銘德，另一個當然是廖雅詩。

「我送妳。」

「也好。」

「我想問妳一件事。」

「什麼事？」

「嫁給我，好嗎？」

「我要問我媽答不答應！」

「我會準備好的。」

「我該走了。」

「一起走吧。」

同樣的，林玉書已經逐漸淡忘曹瓊華，也不再夢見她，這對他是件好事，不過鍾憶萍卻仍然占滿他的心，鍾憶萍的動作，讓林玉書很受傷。

「老闆，我要辭職，我又要應付業務，還要應付那麼多追求者，我受不了！」鍾憶萍看著沈三郎。

「好啊！什麼時候？」

「現在。」

「等等我叫會計拿薪水給妳。」老闆沒有留她，因為他也快受不了許多追求她的人，鍾憶萍最近的業績下滑了許多，他也看出問題的嚴重性了。

「請問鍾憶萍怎麼沒來？」林玉書一如往常走進補習班，卻不見鍾憶萍，他問道。

「她辭職了。」老闆回答他。

「為什麼？」

「因為你，我應該說因為你們，因為追她的不止你一個。」

「您撥的電話是空號，請查明後再撥。」回到家，林玉書拿起通訊錄，翻到鍾憶萍那一頁，拿起電話撥了過去。

林玉書不死心，立即騎上機車往她家出發，不過，他要失望到底了，一間廢墟，彷彿已經很久沒人住了。

「他們家已經搬走好幾年了。」一個好心的婆婆走了過來說。林玉書的心中一直在問，為什麼？為什麼？為什麼？但不會有答案的。

在獄中的陳清雲雖然表面上心情平靜，可是他無法接受廖雅詩被曾家豪強姦的事，他雖然很想念廖雅詩，但一想起曾家豪，內心的那股怒火又會再度燃起，漸漸地，他被這股怒火給侵蝕了他的心，就這樣，他的眼裡只有憤怒，而廖雅詩跟他之間的風花雪月都逐漸淡去。

貳拾伍：遊魂

林玉書開始像遊魂般過日子，學科三分之二不及格被退學，因為他又遭受另一個打擊，他的同班同學打電話給他，這個人平常都沒在聯絡的，怎麼會突然來電呢？

「加年被明道中學校車撞到，現在送到澄清醫院加護病房，不過他已經腦死，也就是變成植物人了。」這幾句話又重重打擊他，陳清雲的入獄、鍾憶萍的不告而別、父親的死，忽然多了一個姊姊跟妹妹，他承受許多災難，他開始學會抽煙、喝酒，最後不刮鬍子、不剪頭髮，活像個乞丐，他的媽媽張怡芬終於受不了他。

「兒子啊！你是怎麼了？自從你爸死後，我忙於工作，沒空管你，你看你，去照照鏡子，人不像人，鬼不像鬼的。」

「媽，對不起，我還是先去當兵好了。」

「也好，你被退學了，你知道嗎？」

「我知道。」

醫院裡，林玉書聽到同學說加年已經沒救了，他強忍住淚水，默默離開醫院，不看加年最後一眼，同學們都對他很不諒解，林玉書不想解釋，因為他現在無法承受這麼多的打擊，他就快崩潰了。

林玉書從澄清醫院走向附近的台中公園，兩眼無神的他，連站在那裡等待嫖客的女人都懶得理他，她從口袋裡拿出香煙，點燃之後，冷冷地看著林玉書的背影，這時一個熟悉的身影出現，拿出了五百元，那女人馬上拉著嫖客的手，走向電梯，進到自己的套房，兩人做愛結束之後，男人獨自離開，女人走向陽台，又點了一根煙，若有所思的看著窗外的湖心亭。林玉書此時就在湖心亭旁邊的橋上，那些最近發生的事一一浮現眼前。

「玉書，你多久沒跟爸爸講話了？」林玉書想起林欽平最後一次跟自己談話，也是在這座橋上。

「一年吧？」

「是十六個月。」

「這麼久了？」

「我知道你為情所困，可是，男人應該先有事業，女人才會喜歡你，知道嗎？」

「為什麼？」

「女人需要一個能給她安全感的男人，而不是一個整天胡鬧、玩樂的大男孩。」

「我該怎麼做？」

「認真唸書，出社會以後努力賺錢。」

「這樣女生就會喜歡我？」

「你這麼帥，如果事業有成，女生一定會喜歡你的。」

「你是想騙我認真唸書嗎？」

「不，我是認真的，你如果聽不進去，將來老了就後悔莫及。」

「可是，我可能過不了這學期。」

「那就先去當兵，退伍後再唸。」

「這樣我就不能跟鍾憶萍在一起了。」

「傻孩子，這世上的美女何其多，等你出社會就會明白。」

「可是，我真的很喜歡她。」

「如果你是真心喜歡她，那你更要認真唸書，否則以後要怎麼養她？怎麼跟她成家立業？如果你一事無成，最後她還是會離開你的，我說的話希望你能聽進去。」

「我知道了。」

「再逛一圈嗎？」

「好啊！」

「可以告訴我，你是怎麼追到媽媽的嗎？」

「臭小子，你還是滿腦子只有女生。」

「人家只是好奇嘛！」

只是這種父子情已經不可能再有了，林欽平已經死了，林玉書只能默默承受。

貳拾陸：仙人跳

小林髮廊裡，造型師正在幫林玉書做最後的修剪，他終於恢復了昔日的帥氣。

「這樣可以嗎？」造型師拿著鏡子照著他的後腦勺問道。

「可以。」

「你很久沒來了。」

「是啊！快一年了。」

「等等要去那裡玩？」

「迪迪 DISCO，一起去吧！」

「我沒空，改天，改天有機會的。」

林玉書弄了個像貓王的髮型，一身黑，從襯衫到褲子，還有鞋子都是黑的，買了票，一個人走進迪迪，今天是星期二，沒幾個客人，他挑了一個靠近舞池的位置坐下，呆呆地看著舞池內的人搖頭晃腦，音樂停了，一首慢歌響起，是一首浪漫的歌，Lionel Richie 唱的《Hello》，一個身材火辣的女孩，身穿低胸裝跟迷你裙，從舞池走向他。

「我可以坐在這裡嗎？」

「請便。」

「我叫葉素敏！你呢？」

「我知道，妳是鍾憶萍的同學，我是林玉書。」

「我想起來了，好久了，我說我已經離開那裡好久了，來跳舞？」

「不是。」

「喝酒？」

「不是。」

「那你來做什麼？」

「殺時間。」

「還好你不是說來殺人的，因為你目露凶光。」

「我請妳喝杯飲料。」

「喝酒好嗎？我的心情不太好。」

「妳想喝什麼？」

「伏特加。」

兩個人喝了三瓶伏特加，當然，也都醉了。

「妳住那裡？我送妳回去。」林玉書扶著葉素敏。

兩個人攔了一部計程車，往大雅方向駛去。

幾個小時後，林玉書全身赤裸躺在一張床上，葉素敏穿著睡衣，這時林玉書醒了，他勉強坐起來，一個男人忽然走進這個房間，並破口大罵：「幹！妳養小白臉。」

睡夢中剛醒來的林玉書還搞不清楚狀況就被四個彪形大漢綁起來，他眼神中露出驚恐。

「少年耶！素敏是我老婆，這筆帳該怎麼算？」，一個男人用閩南語說。

「大哥……我 ……。」林玉書被嚇到不知如何是好。

「這樣啦！你拿五十萬遮羞費出來，我就當做什麼事都沒發生。」

「這……」

「這什麼這！這是相片啦！」林玉書拿著自己跟葉素敏的裸照，呆住了。

「看什麼看啦，照片還我，到底給不給？一句話。」

「可是……」

「我知道你沒錢，身分證拿出來，這是本票，簽一百萬。」

「不是說五十萬？」

「叫你簽你就簽啦，討價還價的。」

林玉書心不甘情不願的簽完本票離開那裡，他想起了賴良忠，便立即到警局。

「你這個笨小孩，被人家仙人跳了。」賴良忠聽完之後說。

「仙人跳？」

「他們有幾個人？有沒有武器？」

「五男一女，一把手槍放在桌上。」

「這樣啊！今天先放過他們，明天你帶我去找他們。」

第二天，六個刑警全副武裝帶著十二個制服警察，直接衝到大雅，林玉書說：「就是這一間。」

「你去敲門，應完門之後就退開。」賴良忠說。

「我是林玉書，五十萬我帶來了。」

開門的是一個小弟，警察們一擁而入，制服了這些人，搜索之後發現一本帳簿，一百多張被害人的本票，三十多張不同男人和葉素敏的裸照，這件事就這樣落幕了，當然，他們全進了大牢。

貳拾柒：失控的愛

幫了大忙的賴良忠並沒有得到廖雅文的芳心，廖雅文仍對他冷冷淡淡的，賴良忠終於受不了。

「妳別老是這麼冷漠，到底我該怎麼做妳才會高興？」

「辭職，你辭職，我就嫁給你。」

「讓我考慮一下。」

「不用考慮了，你根本不愛我，你愛的只是刺激而已，對嗎？」

「趕著去辦案？對吧！我就知道！」賴良忠啞口無言，這時吳宗志示意該走了，廖雅文冷冷地說。

兩人到了一處公寓樓下，地上一具屍體，應該是跳樓自殺的，他的身體下方都是血，部分的骨頭有粉碎性骨折的現象，這是典型從高處落下的傷，一個好事的老先生走了出來，對他們兩個人說：「他住在三樓，在補習班當班導師。」

「謝謝。」

公寓的三樓，鎖匠打開門，客廳空無一物，除了一台電視放在地上，其中一個房間床上一具女屍，全身赤裸，床單上一片血跡就在她的陰部下方，他們兩人見了，覺得很面熟，賴良忠說：「好像是林玉書追的那個女孩？」

「找他來認屍吧。」吳宗志說。

「周導，他是補習班的導師周治新，怎麼會？」林玉書在公寓一樓看見屍體便立即開口。

「玉書，你確定？」吳宗志說。

「沒錯！他的確是周導，他住在這裡，這件衣服他常常穿。」

「那我們上三樓，你要有心理準備。」

「怎麼了？」林玉書忽然覺得心情很沉重。

「上去你就知道了。」

「不，這不是真的，不是真的……」林玉書見到死去的鍾憶萍，情緒立即失控，接著便暈了過去。

賴良忠從書桌抽屜內拿出一封遺書：

爸，媽，孩兒對不起你們，我愛上了一個不愛我的女孩，昨晚我把她迷昏後，強姦了她，沒想到她醒了以後大叫救命，我情急之下失手掐死了她，我對不起她，對不起你們。

不肖兒　周治新

「這不是真的，憶萍，妳沒死對不對？我一定是在作夢。」林玉書醒了之後，口中喃喃自語道。精神受到嚴重打擊的他，目光呆滯，再也不理人，廖雅文知道詳情後大發雷霆，對賴良忠發飆。

「看你幹的好事。」賴良忠只能低頭默默承受。

心急如焚的張怡芬哭得兩眼都腫起來，這陣子，家裡的事夠多夠煩了，現在又多一件。

「玉書就麻煩你先送到靜和醫院，我要留在這裡照顧林媽媽。」廖雅文對賴良忠說。

「真是報應。」張怡芬拿起一根煙，點燃後吸了一大口，只說了一句，然後就不說話了，眾人一頭霧水。

「二十年前，怡芬是個大美人，追他的人一個瘋了，一個自殺死了，沒想到她的兒子現在也因為追女孩發瘋了。」呂燕飛說。

跟黃銘德展開熱戀的廖雅詩並不知情，她滿面春風的回家，茶几上一張字條：雅詩，玉書瘋了，現在被送到靜和，晚餐自理。

廖雅詩拿起一張五百元鈔票，她看到桌上有一封信，是陳清雲寄給她的。

雅詩：

半年了，這半年來妳是否安好？為什麼都沒來看我？到底發生什麼事了？我想妳想得好辛苦。

最愛妳的人　清雲

廖雅詩這才驚覺陳清雲的存在，而且，算算日子，他隨時會假釋出獄，這該怎麼辦呢？現在的她已經跟黃銘德如膠似漆，早晚都膩在一起，而且，黃銘德已經準備上門提親，準備跟自己結婚了。

果然，黃銘德來了，第二天就來家裡了。

「我很愛雅詩，我希望可以娶她。」

「她已經二十歲了，有絕對的自主權，我不會干涉，只要她答應你就行了，我只有一個要求，好好對待她。」呂燕飛說。

「我會的，這裡是聘金六百六十萬，請收下。」

「你很有錢？」

「還可以，雅詩，妳過來。」

黃銘德拿出口袋中一個小珠寶盒，從裡面拿了一指鑽戒，閃閃發光，主石應該有三克拉左右。

「妳願意嫁給我嗎？」

「我當然願意。」黃銘德為她套上戒指。

「那就一個半月後舉行婚禮嘍。」呂燕飛說。

假釋出獄的陳清雲，失去了楊加年，又找不到林玉書，一個人走到復興路上，廖雅詩家的附近，一長串的車隊，正準備迎娶廖雅詩，他不敢相信自己的眼睛，叫了一部計程車偷偷跟在後面，車隊才幾分鐘就停下來了。

「咦，怎麼停在這裡？」陳清雲正納悶，卻見到以前的房東黃銘德迎娶廖雅詩，他怒火中燒，目露凶光，悄悄潛入這些熟悉的房子，待所有人離去，他將六個瓦斯桶集中在一起，放在一樓的其中一個房間，轉開所有的開關，從口袋中拿出一個打火機，看著那個打火機幾秒，用左手姆指轉動打火石，轟！一聲巨響，住在二樓的黃銘德正在跟廖雅詩纏綿，他們被炸飛數十公尺後落地慘死，透天厝被炸了一個大洞，從一樓可以直接看到天空，左右四間房子的牆壁也被炸穿，四個無辜的學生陪葬，另有三人重傷，陳清雲全身燒焦，還在冒煙。

後　記

很湊巧的，在寫這段的時候，我的音樂剛好播放到 Inner Circle 的《Games People Play》這首歌，為什麼說湊巧呢？這就要提到真實場景了，我常去看二輪電影的萬代福戲院，換場的時候都會播放這首輕快的歌，而第四節所寫的福音街就在萬代福旁邊，散場的時候經過福音街，總會看到那些阿姨，當然啦！現在她們應該年紀很大了，也不太可能再從事那個行業了。

至於成人電影院這個名詞，對於現在的年輕人來說一定很陌生，因為它已經被色情網站取代，在花花公子、閣樓雜誌大賣的年代，成人電影院是個非常特別的產物，它有點像脫衣舞酒吧，很多人一起觀賞，只不過大家看的是 A 片，偶爾可以看到三級片，是一刀未剪的三級片，據我的友人說，曾經看過一些真槍實彈的三級片，而且演員的知名度都是頗高的，成人電影院為了招攬客人，都會標榜一刀未剪或是海外版，確實，有些電影院的版本都把三級片剪到沒什麼看頭，激情戲看起來很假，實際上，看過原版的人就不會這樣覺得了，甚至某玉女的海外版，不止露兩點，連第三點都清晰可見，至於真實狀況如何就不得而知了，畢竟聽人家說的不準，如果真的有露第三點，那部三級片應該會很多人看吧！？因為那個玉女真的滿漂亮的，坦白說，我也滿想看的（大誤），為什麼呢？因為我以前很喜歡這個玉女啊！

而萬代福戲院附近的巷子裡，曾經多少攤販以販賣色情雜誌維生，後來進化到錄影帶跟光碟片，如今這些攤販跟成人電影院一樣，因為色情網站的崛起而消聲匿跡，只剩下當年擋風遮雨的鐵門被歲月摧殘的樣子，有誰知道這小巷弄當年曾經風光？曾經吸引多少男人進入其中，選購色情雜誌或影片。

加入了神祕的軍火販子是個挑戰，這個部分是從一個已故的角頭大哥那邊聽來的，為了保護當事人的家人，我把場景、地點、姓名都改了，甚至添油加醋了一些元素，以及這本書的壞主角:大學之狼。要把這些不相關的人串在一起還真不簡單，花了很多時間編排。最後，不要因為這本小說很刺激，就去模仿裡面的犯罪行為，因為每一樣都會讓犯罪者關很久，不止讓被害人留下一輩子陰影，也讓自己付出慘痛的代價，失去自由與寶貴的青春。

這部小說是以悲劇收場，沒有挽回的機會，在我們的人生裡，也常遇到一些無法補救的事，我們只能默默承受，無法改變。或許人生不如意事，十之八九，但人生就是如此，你負面看待，你的人生就是負面的，你積極正面看待，你的人生就是正面的。

在此把我常說的那幾句話送給大家：

別在意別人怎麼看你，因為人生是你自己的。

要在意你怎麼看這世界，這才是你所擁有的。

國家圖書館出版品預行編目資料

狼吻／藍色水銀　著. —初版.—
臺中市：天空數位圖書　2020.09
面：公分
ISBN：978-957-9119-92-4（平裝）

863.57　　　109014943

書　　名：狼吻
發 行 人：蔡秀美
出 版 者：天空數位圖書有限公司
作　　者：藍色水銀
編　　審：亦臻有限公司
製作公司：花本潮有限公司
出品公司：傑拉德有限公司
版面編輯：採編組
美工設計：設計組
出版日期：2020年09月（初版）
銀行名稱：合作金庫銀行南台中分行
銀行帳戶：天空數位圖書有限公司
銀行帳號：006-1070717811498
郵政帳戶：天空數位圖書有限公司
劃撥帳號：22670142
定　　價：新台幣320元整
電子書發明專利第　I　306564　號
版權所有請勿仿製

※　如有缺頁、破損等請寄回更換

Family Sky
紙本書編輯印刷：
電子書編輯製作：
天空數位圖書公司　E-mail：familysky@familysky.com.tw　http://www.familysky.com.tw/
地址：40255台中市南區忠明南路787號30F國王大樓　Tel：04-22623893　Fax：04-22623863